Bergil, el caballero perdido de Berlindon

Editorial Bambú es un sello
de Editorial Casals, SA

© 2006, J. Carreras Guixé
© 2006, Editorial Casals, SA
editorialbambu.com
bambuamerica.com

Diseño de la colección: Miquel Puig
Fotografía de la cubierta: Age Fotostock

Sexta edición: febrero de 2017
ISBN: 978-84-8343-162-7
Depósito legal: M-25884-2011
Printed in Spain
Impreso en Anzos, SL - Fuenlabrada (Madrid)

Bergil, el caballero perdido de Berlindon

J. Carreras Guixé

bam
bú

EDITORIAL

CAPÍTULO I

Bergil tenía sus ojos negros clavados en la extensa llanura. Desde un pequeño montículo contemplaba lo que iba a ser el lugar donde combatiría por primera vez en su vida en una batalla a campo abierto. A lo lejos, en el bosque, unas columnas de humo se levantaban desde las hogueras que los enemigos habían encendido en su campamento. Una nube cubría todo el cielo y amenazaba con descargar una intensa lluvia.

Era un muchacho apasionado. A sus dieciocho años, estaba dispuesto a darlo todo por su rey y no pensaba echarse atrás cuando la batalla estaba tan cerca. Permaneció allí durante unos segundos, imaginando que estaba ya en medio de la batalla, pero enseguida escuchó la llamada de su capitán. El ejército estaba en plena actividad. Todos se preparaban para el combate; él se disponía a hacer lo mismo cuando oyó una voz a su espalda y sintió que una mano lo agarraba con fuerza del hombro y le obligaba a darse la vuelta:

–¡Eh, tú! –le dijo el capitán.

–Sí, señor.

–¿Tienes miedo?

–No, señor. Estaba pensando en las ganas que tengo de luchar al servicio del rey.

–Si te distraes, no durarás mucho en la batalla. No lo olvides.

–De acuerdo, señor.

El capitán era un hombre con experiencia en la guerra. Llevaba muchos años en el ejército y sabía imponer disciplina a los soldados cuando era necesario, a la vez que los cuidaba como si fuera su padre, dándoles ánimo y ayudándolos cuando lo necesitaban. Todos sus soldados lo apreciaban mucho y él sentía lo mismo por ellos. Sin embargo, trataba a Bergil con un cariño especial. El muchacho le había causado buena impresión desde el principio, porque le recordaba a un amigo suyo, un valiente general al que había servido hacía unos años. Bergil era valiente y tenía buena forma física. Además, era un muchacho inteligente, seguro de sí mismo, e inspiraba confianza a sus compañeros. Pero tenía algo más que el capitán no sabía cómo expresar, algo que hacía de él un muchacho distinto de los demás.

Una hora después, el ejército estaba preparado a las puertas del campamento. Bergil y sus compañeros esperaban en la retaguardia. Al frente, en formación, se situó la caballería. Los arqueros cubrían los flancos. A una señal del rey, el gigantesco ejército se adentró en la llanura al encuentro del ejército enemigo. Todos los soldados iban bien armados, aunque procuraban no llevar demasiado peso; por lo general, empuñaban una lanza corta y un escudo, y llevaban una espada colgada al cinto. Avanzaron en formación durante media hora hasta que se encontraron con el enemigo, más o menos en el centro de la llanura. Entonces se detuvieron y un mensajero del rey Arthagêl, al que servía Bergil, cabalgó a toda velocidad hasta donde se encontraba el rey del ejército enemigo, le transmitió un mensaje y escuchó la respuesta. Enseguida se dio la vuelta y se dispuso a volver de nuevo hasta donde estaba su rey. Pero había recorrido sólo unos pocos metros cuando un arquero enemigo disparó una flecha y lo derribó del caballo. En aquel momento, la infantería enemiga se lanzó con todas sus fuerzas contra el ejército al que pertenecía Bergil.

Pero Arthagêl no iba a dejar que las sucias maniobras del enemigo lo sorprendieran. Hizo una señal a uno de sus ayudantes, que comenzó a dar órdenes. Bergil, mientras tanto, veía cómo las filas del enemigo se acercaban rápidamente. Los soldados habían salido muy apretados, pero ahora se estaban dispersando. Alguno tropezó en la desesperada carrera y fue atropellado por los que venían detrás. Sería fácil aguantar el ataque de un ejército tan desordenado, aun cuando atacaba por sorpresa. Las primeras filas de la infantería de Arthagêl avanzaron al encuentro del enemigo. Bergil podía escuchar las órdenes de sus propios capitanes. Arthagêl estaba sacando también toda su infantería. Al fin llegó la orden del capitán de Bergil y el último regimiento se lanzó hacia delante. Mientras corría, Bergil vio que una lluvia de flechas pasaba por encima de su cabeza y caía sobre el ejército enemigo. Algunas flechas se clavaron en el suelo, porque los enemigos se habían ido dispersando, pero muchas otras alcanzaron sus blancos y las filas que habían sufrido aquella lluvia quedaron muy menguadas.

Después se produjo el choque entre las dos infanterías. Al principio, el ejército que avanzaba disperso fue barrido por las apretadas legiones de Arthagêl, pero después se reagrupó rápidamente y la batalla se hizo más dura. Fue entonces cuando le llegó el turno a Bergil. Mientras corría, había advertido que las huestes enemigas eran más numerosas, a pesar de haber sufrido bajas por la lluvia de flechas y por el choque inicial. Los soldados que llegaban en aquel momento entraron en la batalla con todas sus fuerzas, alcanzando el flanco de uno de los grandes grupos que los enemigos habían formado al reagruparse. Los enemigos fueron dispersados de nuevo, y perseguidos por Bergil y por todos sus compañeros. El muchacho todavía no había tenido tiempo de atacar a ningún enemigo, porque se había situado en el centro de su compañía, que se mantenía agrupada en apretadas filas.

En un momento dado, se fijó en uno de sus compañeros cercanos, que estaba en la misma situación que él. Era un soldado de edad algo avanzada, aunque vigoroso como el más joven. Aquel hombre parecía tranquilo;

era como si no le importara lo que estaba haciendo. Parecía que no sentía la cercanía de la muerte. Miraba a su alrededor, moviendo la cabeza lentamente. De pronto, detuvo sus ojos en los de Bergil. El chico le sostuvo la mirada. Veía en aquellos ojos grisáceos una cierta tristeza.

Pero algo alteró la triste tranquilidad de aquella mirada. Bergil se giró a tiempo para ver llegar a un enemigo y esquivar su espada. Instintivamente, clavó su lanza corta en el vientre del soldado, que cayó al suelo muerto. Bergil se dio la vuelta para ver al hombre que antes le había avisado con la mirada del peligro que corría. El hombre de los ojos grisáceos luchaba ahora con tres enemigos. Los tres lo atacaban repetidamente. Él había derribado al cuarto con su lanza, y ahora desviaba los ataques de los otros tres con su espada y golpeando con el escudo. Bergil se lanzó en su ayuda.

Mientras corría, desenvainó su espada. Al llegar al lugar donde su compañero luchaba por salvar la vida, vio que su rostro conservaba su expresión de triste tranquilidad, reflejada particularmente en sus ojos grises. De inmediato descargó la espada sobre un enemigo con todas sus fuerzas. Éste se protegió con su espada, pero el golpe fue tan fuerte que la propia espada golpeó su cabeza y quedó inconsciente. En aquel momento, los otros dos soldados huyeron atemorizados.

–Gracias, chico –dijo a Bergil su compañero, sin alterar su tranquilidad.

–Sólo cumplía con mi deber –replicó el muchacho.

En aquel momento llegó allí el mismísimo capitán. Tenía un rasguño en el brazo, aunque parecía que no se había dado cuenta. Empuñaba su imponente espada con la mano ensangrentada.

—¡Síganme! —les dijo.

Y, sin dar más explicaciones, corrió hacia un lugar más tranquilo. Los dos soldados lo siguieron.

Mientras tanto, ambos reyes habían lanzado a la batalla sus respectivas caballerías. Los caballeros de Arthagêl, extraordinariamente bien armados, aunque no tan numerosos como los que componían la caballería enemiga, galopaban con velocidad para terminar de barrer a la infantería enemiga, que se mantenía todavía en pie. Ahora estaban en igualdad de número y, aunque los enemigos eran inferiores en cuanto a tácticas de combate, la posibilidad de la derrota los ayudó a sacar sus últimas fuerzas, por lo que estaban recuperando algo de terreno. La entrada en combate de la caballería de ambos bandos igualaría de nuevo la batalla y el rey que hubiera diseñado la mejor estrategia sería el vencedor.

Unos segundos más tarde, unos quince hombres más se reunieron con el capitán y los dos soldados. Entonces, el capitán comenzó a dar instrucciones:

—Repartámonos en parejas. Cada uno cubrirá las espaldas de su compañero —comenzó diciendo.

Entonces eligió como compañero a su escudero, un hombre que había permanecido a su lado desde que fuera nombrado capitán, siete años antes. La pareja de Bergil fue aquel hombre tan extraño, el que no se inmutaba ante el constante peligro de muerte. Después, el capitán siguió con las órdenes:

–Ahora que los arqueros han agotado ya sus flechas, penetraremos entre las líneas enemigas. Cuando llegue la caballería, los dos ejércitos se confundirán y podremos avanzar con facilidad. La misión es secuestrar al rey enemigo vivo. Es necesario ir y volver rápidamente; no pretendemos exterminar a la guardia real.

En aquel instante, Bergil observó que ambas caballerías alcanzaban la batalla casi simultáneamente. Soldados de los dos bandos fueron derribados brutalmente y los que se salvaron de aquella primera embestida se dispersaron huyendo en todas direcciones. El capitán y sus diecisiete soldados se echaron al suelo para no ser arrollados por los caballos enemigos. Alrededor del pequeño grupo se produjo un violento choque de las dos caballerías.

–¡Cojan un caballo! –ordenó de pronto el capitán. Y, levantándose, corrió a derribar por la espalda a un enemigo que luchaba contra otro caballero. Le arrebató el caballo y lo dejó tendido en el suelo.

Los soldados hicieron lo mismo y pronto estuvieron montados cada uno en un caballo. A una señal del capitán, todos se lanzaron directamente hacia el lugar donde estaba el rey enemigo. Algún caballero enemigo intentó detenerlos, pero la caballería de Arthagêl, que estaba al corriente de la misión que el rey había encomendado a aquellos hombres, se encargó de impedirlo. Al principio avanzaron con velocidad, derribando a todos los enemigos que les salían al paso. Bergil había pensado que era una locura, pero el capitán había elegido bien a sus hombres. Todos eran expertos en la lucha, especialmente el propio capitán y el hombre de los ojos grises. Todos, salvo Bergil, eran capaces de dirigir el caballo con una sola mano, mientras con la otra manejaban la espada. El chico se limitaba a mantenerse junto a su compañero.

Sin embargo, pronto la densidad de enemigos se hizo más impenetrable. Avanzaban como si fuesen andando. Los soldados se habían agrupado y los de los extremos descargaban continuamente su espada contra los hombres que los rodeaban. Alguno de los caballos se abría paso a coces. Entonces vieron al rey enemigo, que parecía haber entendido el propósito del grupo y estaba dando órdenes. El ejército enemigo parecía huir, pero se estaba dirigiendo a defender al rey.

–¡Hemos sido utilizados como cebo! –dijo uno de los soldados.

Bergil vio entonces un cambio radical en la mirada del hombre de los ojos grises. Aunque sólo fue un momento, la tranquilidad desapareció de su rostro y sus ojos, llenos de ira, se clavaron en el que había dicho aquello. Pero no dijo nada. En cambio, el capitán se enfureció:

–¡Thergan! –dijo en voz alta al que había dicho eso–. Cuando volvamos al campamento serás juzgado por insultar al rey. El rey no utiliza a los soldados como cebo sin consultárselo a ellos. Nos ha encomendado una misión que vamos a cumplir y saldremos todos vivos.

Thergan no se atrevió a replicar, pero lo que había dicho había provocado ya la ira del capitán. Éste tiró de las riendas de su caballo y, derribando a tres enemigos de un solo golpe, se lanzó hacia delante. Los demás hicieron lo mismo. Bergil observó que el hombre de los ojos grises sonreía un segundo y avanzaba, intentando alcanzar a su capitán. Intentó seguirlo, pero no podía. Su compañero se situó al lado del capitán y le dijo algo; después, siempre atacando al enemigo a ambos lados con asombrosa rapidez, se colocó de nuevo junto al muchacho. Para ese momento, Bergil había encontrado la forma de tomar las riendas con una sola mano para luchar con la otra; de no haber aprendido a hacerlo, habría muerto.

El rey enemigo, viendo el repentino avance del pequeño grupo de valientes soldados, montó en su caballo y emprendió la fuga. El capitán y sus soldados intentaron darle alcance, pero sus caballos estaban demasiado cansados. Habían atravesado ya todas las líneas enemigas y ahora ellos eran los perseguidos. Arthagêl, sin embargo, no estaba dispuesto a dejar que los capturaran y lanzó al ejército en defensa de sus valientes hombres. El capitán y sus soldados se detuvieron y se plantaron donde estaban, dispuestos a matar al que se acercara demasiado. Pero no hizo falta que lucharan más. La victoria llegó rápidamente. El enemigo, que se había quedado sin el organizador, estaba desorientado. La huida del tirano había sorprendido a los capitanes, que se entregaron o huyeron.

CAPÍTULO II

Ya en el campamento, los prisioneros fueron juzgados. Mientras tanto, los héroes de la batalla descansaban en sus tiendas. Bergil no se sentía satisfecho. No era la primera vez que veía de cerca el rostro de la muerte, pero sí era la primera vez que lo veía en masa y era también la primera vez que el «asesino» era él. Se durmió porque estaba muy cansado, pero sus sueños no fueron agradables. En ellos aparecían mezcladas las imágenes de los muertos en la batalla y las imágenes de la única vez que había visto antes la muerte. Veía a su padre muerto, tendido en el campo de batalla, a sus pies, como si él fuera su asesino. Se despertó sobresaltado. Tenía la cara empapada de sudor. Era ya de día, aunque todos sus compañeros continuaban durmiendo plácidamente. El capitán, en su tienda, también debía de estar durmiendo. Como todavía se sentía cansado, intentó dormir de nuevo, pero no pudo. Se levantó para despejarse y salió de la tienda. Fuera, el hombre de los ojos grises estaba sentado en el suelo, limpiando la hoja de su espada ensangrentada.

–¡Buenos días! –saludó al ver salir al muchacho.

–Hola. No sé cómo podré agradecerte que me salvaras la vida.

–¿Yo? ¿Cuándo?

–Al principio de la batalla.

–¡Ah! No tiene importancia. Ya me doy por pagado. Tú también me salvaste la vida después. Pero todos nos salvaron a ambos cuando estábamos persiguiendo al rey enemigo. Si quieres, puedes ir a agradecérselo a todos, uno por uno.

Bergil se quedó pensativo. Aquel hombre tenía razón; algo le hacía sentir hacia él un afecto especial. Quizás fuera sólo que había luchado junto a él durante casi toda la batalla...

–En la guerra –añadió el hombre de los ojos grises– encontrarás con frecuencia que alguien te salva la vida y luego no se lo puedes agradecer, porque muere en la misma batalla. La guerra es, por decirlo de algún modo, el palacio de la muerte. No sé si me entiendes, muchacho.

–Lo entiendo. Pero yo creía que me gustaría la guerra, que sería bonito ponerse al servicio del reino. Ahora ya no pienso lo mismo. Creo que quizás valdría la pena perder un territorio si con eso evitáramos todas las muertes que hay en la guerra.

–A mí sí que me parece bonito luchar para evitar que nos gobierne un tirano. No da igual un rey que otro.

Ahora no te das cuenta, pero con el tiempo verás que eres un afortunado. No todos tienen la suerte de servir a Arthagêl y, si su hijo es como él, como parece, nuestro reino prosperará todavía durante muchos años. Pero esto no es así fuera de Berlindon. Hay muchos reinos gobernados por tiranos que lanzan a sus tropas a guerras injustas y las llevan a la muerte. Por un rey como Arthagêl vale la pena luchar. Además, puedes tener la seguridad de que, si entra en guerra, no lo hace a la ligera, sino que antes pide consejo, piensa si la guerra es justa, se preocupa por las vidas de sus súbditos...

–Pero si es tan bueno, ¿por qué lucha contra este enemigo? Si no me equivoco, en esta guerra nosotros somos los que atacamos.

–En parte estás en lo cierto, pero ten en cuenta que la mayoría de los soldados de otros reinos no saben nunca por qué luchan. Y mucho menos, los campesinos que permanecen en sus hogares; de hecho, no saben ni contra quién luchan.

–¿Arthagêl lucha siempre contra tiranos? –inquirió Bergil, un poco confuso. Él siempre había contemplado la guerra como una realidad necesaria, connatural a los pueblos. Nunca había pensado en los conflictos que provocan las guerras.

–Hace ya muchos años que lucho al servicio de Arthagêl. El rey nunca lucha sin justificación y, cuando lo hace, antes lo ha consultado con los consejeros del reino y con Arfanhuil, el Sabio. Por eso la última guerra fue hace diez años. En un mundo mayoritariamente gobernado por tiranos, es algo insólito. Si supieras en cuántas guerras participan otros reinos... El rey a quien hemos ganado esta batalla gobierna un reino diez veces más grande que el nuestro, pero no ha podido descargar el resto de sus fuerzas sobre nosotros porque tiene que ocuparse de tres guerras más contra otros reinos tan grandes como el suyo. Éstos, a su vez, están envueltos en otras guerras y, así, todos. ¿Lo ves? Arthagêl es el mejor rey que podrías haber deseado.

Bergil se quedó asombrado de lo que aquel hombre parecía saber. Llegó a pensar que le estaba mintiendo, pero algo le decía que no era así.

–¿Quién es Arfanhuil? –preguntó.

–Arfanhuil, el Sabio. Lo conocerás pronto. Esta noche el rey nos dará un homenaje. Nos ofrecerá la posibilidad de aumentar un grado en nuestra categoría militar. Lo hace siempre.

–Parece que eres amigo íntimo del rey. No tienes aspecto de ser un soldado raso. Eres un hombre culto... En cualquier caso, me da la impresión de que sabes muchas cosas sobre... no sé... el mundo en general. Seguro que sabes leer y escribir.

–¡Has acertado! –rió el otro, divertido ante la sorpresa del muchacho.

–Casi me atrevería a sospechar que eres un general del rey disfrazado o algo así.

Al oír esto, el hombre de los ojos grises se puso muy serio y no respondió. Continuó limpiando la hoja de la espada y no dijo nada más.

–¿Qué pasa? –preguntó Bergil–. Perdóname si he dicho algo que te ha molestado.

–Tranquilo. Es que me has recordado mi pasado. Tengo un pasado muy difícil y procuro olvidarlo.

Bergil se despidió y se fue a dar un paseo. Subió al montículo desde el cual el día anterior había contemplado la llanura. Ahora, el verde de la hierba contrastaba con el rojo de la sangre de los caídos. El muchacho comenzó a pensar en aquellos soldados de uno y otro bando. ¿Qué sentirían sus familias cuando supieran que no volverían a verlos más? Realmente, alguien con corazón debía de tener motivos muy serios para provocar semejantes sacrificios.

Después de contemplar aquel espectáculo desolador, volvió al campamento. Allí, junto a la tienda del rey, había un hombre extraño. Era Arfanhuil, el Sabio. Vestía una túnica blanca, ceñida con un cinto rojo. Se apoyaba sobre un bastón muy delgado que tenía en su extremo superior una bola de cristal. De su pecho colgaba un gran zafiro que brillaba de una forma curiosa. Tenía, efectivamente, el aspecto de un gran sabio. Sin embargo, aunque algunas canas asomaban entre su pelo castaño y su barba bien cuidada, no parecía un anciano.

Arfanhuil lo miró y le hizo señas para que se acercara a él. El chico se acercó tímidamente y le hizo una reverencia.

–No hagas reverencias –dijo amablemente–. No merezco tanto respeto.

Cuando levantó la cabeza, Bergil descubrió que los ojos eran los que daban a Arfanhuil su aspecto de sabio.

Daba la impresión de que estaban viéndolo todo. Parecía que, al mirar a una persona, vieran su alma, además del cuerpo.

–¿Me llamaba, señor?

–Sí. Eres Bergil, ¿verdad?

–Sí señor, ése es mi nombre –musitó el muchacho, sorprendido.

–Dicen que eres uno de los héroes de la batalla de ayer.

–Yo sólo obedecía las órdenes de mi capitán y me mantuve al lado de mi compañero –replicó el chico humildemente.

–Lo sé. Pocos verás tan buenos como él.

–¿Lo conoce, señor?

–Sí, por supuesto.

–Usted es Arfanhuil, el Sabio, ¿verdad?

–Sí. Veo que tu compañero te ha hablado de mí.

–Sólo ha mencionado su nombre, pero no me ha dicho nada más.

–Ya veo; me da la impresión de que quieres preguntarme algo, pero te da vergüenza. ¿No es así?

–Sí, señor. Lo que pasa es que... cuando hablaba con aquel hombre, me ha dado la impresión de que estaba hablando con un gran sabio. No es que yo haya conocido a otros sabios, además de mi padre, pero él sabía muchas cosas. No sé hasta qué punto alcanzaba la sabiduría de mi padre, pero me gustaría saber si la sabiduría de mi compañero es tan grande como parece. Por cierto, no sé cómo se llama.

–Tendrás que preguntarle a él su nombre; únicamente te diré que es realmente un sabio. Y tu padre era tan sabio como él. Por suerte, Berlindon está gobernado por grandes sabios. Pero creo que no era eso lo que deseabas preguntarme. No tengas miedo, no me voy a sentir obligado a revelar ningún secreto y tampoco me enfadaré si me preguntas algo de lo que no deba hablar.

–Aquel hombre, mi compañero –comenzó a decir el chico con cierta inseguridad–, ¿es noble? Quiero decir que no parece un campesino ni un soldado corriente. Más bien parece un general. Y creo que lucha con desgana, como entristecido.

–Es algo muy complicado. Tiene una historia muy triste y es él quien debe contártela.

–Esta mañana no ha querido contarme nada sobre su pasado. Estábamos hablando tranquilamente y le he dicho lo mismo que a usted. Entonces se ha puesto muy serio. Me ha dicho que le había recordado su pasado, que era muy difícil y que quería olvidarlo.

–Ya entiendo. Cuando te ganes su confianza te abrirá su corazón. Es un buen hombre y tú también. Me parece que una amistad entre ustedes sería provechosa para los dos.

CAPÍTULO III

En aquel momento sonó un cuerno que anunciaba la llamada del rey al ejército.

Bergil se despidió con otra reverencia y se fue con sus compañeros a formar ante la tienda del rey.

Cuando llegó se puso al lado del hombre de los ojos grises. Éste le preguntó cómo se encontraba, pero no tuvo tiempo de responder, porque sonó de nuevo el cuerno y todos guardaron silencio para escuchar al rey, que estaba de pie ante su tienda, levantada sobre un montículo. Le acompañaba su hijo menor, Ciryan, un joven general de veintidós años.

–¡Queridos soldados! –comenzó diciendo Arthagêl–. Ayer consiguieron una importante victoria sobre Khûn. El enemigo nos superaba en número, pero fueron valientes. En nombre de todo el reino y en el mío propio, les doy las gracias.

El ejército aplaudió las palabras del rey muy efusivamente y éste levantó una mano para pedir silencio de nuevo. Todos obedecieron.

–Algunos de ustedes –continuó– contribuyeron especialmente a nuestra victoria. En agradecimiento a su fiel servicio, deseo concederles el honor de disfrutar de un banquete conmigo y con mis consejeros. En él, como es costumbre, se les ofrecerá la posibilidad de recibir un grado militar más alto del que tienen. Los demás también recibirán una recompensa por su valor. Se les concederá, lo antes posible, un mes de permiso para visitar a sus familias.

Un estallido de júbilo se levantó entonces entre el ejército.

–¡Viva el rey Arthagêl! –gritaron todos.

El rey pidió silencio de nuevo.

–Sin embargo, deben saber una cosa. Uno de los héroes a los que esta noche honraré con un banquete, durante la batalla pensó que mi estrategia era utilizar como cebo a los soldados que alcanzaron la victoria. No habrá castigo para él. Entiendo que es lógico asustarse en momentos de dificultad. De hecho, el capitán me ha dicho que, si no hubiera sido por la ira que despertaron en él las palabras de aquel hombre, no habría renovado su empuje y no habría podido subsistir. Si esto hubiera ocurrido, habríamos perdido a algunos de los mejores hombres de nuestro ejército y la victoria habría sido más costosa. De todos modos, soldados, deseo que sepan una cosa y espero que nunca se les olvide: Arthagêl confía en sus soldados y, si les encomienda una misión, es porque cree que son capaces de llevarla a cabo. De modo que, cuando su rey necesite utilizar a algunos de sus hombres como cebo, pedirá voluntarios y, al hacerlo, les advertirá de los peligros que corren.

El ejército se había quedado en silencio. En las últimas frases, Arthagêl había elevado el tono de su voz y ahora estaba gritando. Era un hombre bondadoso y la noticia de que alguien había pensado mal de él le había sorprendido y entristecido. Había decidido perdonar al soldado que había cometido aquel error, pero quería que todos supieran que sus intenciones eran buenas. Cuando la tensión se elevó demasiado, Arfanhuil avisó a Arthagêl disimulando una leve tos. El rey se calló y dio por terminado el discurso. Todos los soldados se fueron a sus tiendas de campaña. Había pasado el mediodía y, como era verano, comenzaba a hacer calor.

Cuando Bergil llegó a su tienda, encontró al hombre de los ojos grises sentado, con la espalda apoyada sobre sus bultos de viaje. Tenía los ojos entrecerrados, como si estuviera dormitando, pero tan pronto como apareció el chico levantó la cabeza y le saludó efusivamente.

–¿Qué te ha parecido Arfanhuil? Un gran sabio, ¿verdad?

–Sin duda, y un hombre muy amable. Aunque es un poco curioso... Si lo ves de lejos, no parece mayor de cuarenta y cinco años. En cambio, al mirarle a los ojos habría asegurado que tenía siglos.

–Son increíbles, ¿verdad? Al mirarlos se puede adivinar la profundidad y la extensión de la sabiduría de Arfanhuil. Hace veinte años que lo conozco y no lo recuerdo con otro rostro; siempre lo he visto igual. Es un hombre especial, sin duda.

–El rey es sabio también, ¿verdad?

–Por supuesto. Arthagêl, que parece tan vigoroso, es rey desde hace muchos años. Se ha mantenido al lado de Arfanhuil desde que tenía poco más de veinte años. Incluso quizás tenía menos. Al pasar tanto tiempo con él, a la fuerza se habrá convertido en un sabio.

–Me gustaría ser tan sabio como él. No me gusta la incertidumbre.

–¿Quién no quisiera ser sabio? Pero tú has hablado con Arfanhuil. La mayoría lo ve como alguien inaccesible, pero tú ya has visto que no es tan difícil tener una conversación con él. Es un hombre misterioso y a su lado se pueden aprender muchas cosas. Además, tú pareces bastante culto...

–Quizás sea verdad que tengo más cultura que la mayoría de la gente de mi edad, pero eso no significa que yo sea sabio. Tú también eres culto. Mucho más que yo.

–¿Yo? Quizás. Pero tú me superarás pronto. Se ve a la legua.

–¿En qué? Yo vengo del monte. He vivido desde los diez años en el monte, con un pastor. ¿Qué sabiduría puede tener un pastor?

26

–Pero tienes una inquietud por saber, que te hará grande. Además, tú no eres pastor. Tú eres noble. Por tu educación, por tu manera de hablar, de cabalgar, de manejar la espada en el campo de batalla..., es fácil deducir que no eres pastor. O que antes habías sido el hijo de un gran general, o algo parecido.

Al oír esto, Bergil se puso muy serio. Después, una gruesa lágrima se deslizó por su mejilla y se quedó unos segundos en silencio. El hombre de los ojos grises también permanecía callado, observando.

–Perdona –dijo Bergil cuando el silencio comenzó a hacerse incómodo–. Perdona, yo también tengo una parte de mi pasado que deseo olvidar; al menos, de momento.

–Lo siento...

–No te preocupes. Me gustaría contártelo; creo que no puedo seguir cargando yo solo con esta pena.

–Está bien, te escucho.

–Verás. Yo era hijo de un general del rey. Se llamaba Medgil. Mi madre murió cuando yo nací.

Bergil hablaba en voz baja, en un tono muy triste.

–Mi padre tendría ahora tu edad, aproximadamente. Tenía un amigo que se llamaba Mithrain. Mithrain venía a nuestro hogar con mucha frecuencia, porque mi padre necesitaba la compañía de un amigo. Para mí, Mithrain era como un tío. Él me enseñó a luchar y a cazar.

»Cuando yo era niño, un día, Mithrain vino a casa y entró en la habitación de mi padre. Lo recuerdo perfectamente. Era una tarde de verano. El sol comenzaba a esconderse. Yo no sabía que Mithrain había venido y me fui a jugar al jardín. Recuerdo, incluso, que aquel día había sido especialmente feliz para mí. Era mi décimo cumpleaños. Mi padre me había regalado un caballo. Nadie lo había montado nunca, porque era todavía demasiado pequeño, y me había pasado toda la mañana observando cómo lo domaban.

Mientras hablaba, Bergil notó que su compañero prestaba cada vez más atención y que, en la oscuridad de la tienda, sus ojos brillaban intensamente, de una manera algo extraña.

»Cuando salí para ir a ver si ya habían conseguido domarlo, vi el caballo de Mithrain atado a la puerta. Él siempre lo dejaba en las caballerizas, pero aquel día no lo hizo. Después supe por qué. Cuando vi el caballo, supuse que habría subido a ver a mi padre y corrí a saludarle. De camino, lo encontré caminando por un pasillo y le saludé, como siempre, pero él se quedó mirándome fijamente, de una forma muy rara, muy serio. Luego forzó una sonrisa extraña y se marchó sin decir nada. Después de estar allí unos segundos, preguntándome qué le ocurría, me fui a ver a mi padre para preguntárselo. Adiviné que sería algo muy grave. Pero nunca hubiera imaginado que fuera aquello. Cuando entré donde estaba mi padre, lo encontré tendido en el suelo, rodeado de una mancha de sangre, con una daga clavada en el corazón. Me acerqué a una de las ventanas y pude ver la figura de Mithrain, oscura, recortada en el sol anaranjado, cabalgando hacia el oeste. En aquel momento juré vengarme de él. Juré que mataría al asesino.

Al llegar a este punto, Bergil se dio cuenta de que tenía los ojos llenos de lágrimas y de que hablaba entre sollozos. Llevaba un rato sin mirar a la cara de su compañero y levantó de nuevo la mirada para ver si mantenía todavía la atención. Le sorprendió ver que estaba muy serio, en silencio.

–Es una historia muy triste. ¿No sabes por qué Mithrain mató a tu padre?

–Nunca lo he sabido –respondió Bergil, recuperando la entereza.

–Y después, ¿qué hiciste?

–Después avisé a los criados de mi padre. Intentaron consolarme, pero yo no dejaba de llorar y de jurar que lo mataría. Era un niño y hablaba sin pensar. Ahora no sé qué haría si me encontrara con Mithrain, pero supongo que debe de estar demasiado lejos de aquí. A la mañana siguiente, yo estaba mirando a través de la ventana por la que había visto huir a Mithrain hacia el oeste. Mi tutor intentaba tranquilizarme, aunque yo nunca le había hecho demasiado caso, porque, además de mi padre, era Mithrain quien me había educado. No recuerdo lo que pensaba en aquel momento. Había dejado de llorar, pero mi odio hacia Mithrain era tan grande como la tarde anterior. De pronto vi llegar de nuevo al asesino. Apareció solo, en su caballo. Pensé que iba a deshacerse de mí y tuve miedo. Tenía sólo diez años, pero no era un estúpido.

»Deseaba con todas mis fuerzas matar a aquel hombre, pero sabía que tendría que esperar unos años. De modo que me escapé hacia el este. Me acompañó mi tutor. Le dije que quería escapar, aunque él no estaba de acuerdo. Ninguno de los criados se atrevía a enfrentarse a Mithrain, así que todos se marcharon, cada uno en una dirección distinta. El castillo se quedó vacío.

»Mi tutor me llevó a las montañas, donde sabía que estaríamos seguros. Decidí, pensando en mi idea de venganza, llevarme una espada. Mi tutor me dijo que seguiría enseñándome a utilizarla. En aquel momento no supe verlo, pero ahora me doy cuenta de que estaba dando su vida por mí. Estaba renunciando a marcharse a otro reino, a servir a otro señor en mejores condiciones, por salvarme la vida.

–¿Dónde está él ahora? –el compañero de Bergil no estaba tan tenso como antes. El muchacho también se había serenado, aunque el tono de sus palabras seguía siendo profundamente triste.

–Murió. Llegamos a un refugio de pastores. Se hizo pasar por mi padre y el pastor, un anciano muy bueno, nos amparó de buena gana. Aprendí a vivir de las cabras y, al cabo de tres años, mi tutor murió. El pastor se convirtió en mi padre y me enseñó a ser pastor. Pero me enseñó también que la venganza no arregla nada, que uno debe defenderse, pero no devolver el mal recibido. Un día, cuando salimos con las ovejas, él resbaló en una roca mojada y se despeñó por un barranco. No pude salvar su vida. Yo tenía entonces quince años: me había quedado solo en el mundo. Únicamente me quedaban las cabras que el anciano pastor había dejado al morir. Decidí venderlas y marcharme al ejército. No me costó mucho encontrar a otro pastor que las quisiera; yo tampoco pedía demasiado por ellas, sólo lo suficiente para llegar a una ciudad y vivir unos días antes de convertirme en soldado. Al cabo de un mes me puse a las órdenes de nuestro capitán; desde entonces he vivido estos tres años en el ejército como un soldado más.

–¿No has sabido nada de Mithrain?

–No. Sólo supe que el título de mi padre, por cualquier razón, no se le concedió a nadie. El rey ordenó que el título se reservara para mí, pero ya no lo quiero, porque lo más seguro es que, si lo aceptara, me vería en la obligación de tratar con Mithrain.

–¿Y no sería la mejor ocasión para cumplir tu juramento?

–Sí, pero ya no quiero su muerte. Hasta ayer, nunca había matado a nadie. Desde antes he sabido que, aunque muchos merecen morir, no soy yo quien debe decidir quiénes. No siento afecto por Mithrain, pero tampoco quiero matarlo; sólo quiero que mi vida no tenga nada que ver con la suya.

–¿Vas a romper tu juramento?

–El juramento de un niño no tiene ningún valor. Yo era pequeño y no sabía bien lo que estaba diciendo. No me siento obligado por ese juramento.

–Me dejas admirado, pero supongo que debes ser consciente de que lo que ahora ves tan claramente te costaría recordarlo si tuvieras delante a Mithrain.

–Por eso no deseo tener nada que ver con él.

–Eres sensato. Bueno... Voy a pasear un rato, antes del banquete con el rey –dijo entonces el hombre, mientras se levantaba y se dirigía hacia la entrada de la tienda–. Creo que deberías presentarte ante él. Seguro que le gustaría conocerte. Y supongo que a ti te encantaría también hablar personalmente con él, ¿no?

–Sí, por supuesto, pero me imagino que no debe de ser tan fácil. Debe de andar atareado hablando con Arfanhuil y sus consejeros...

–Sí, pero pediré a Arfanhuil que le hable al rey de nosotros. Por cierto, todavía no conozco tu nombre. Dímelo, para que el rey sepa quién eres.

–Me llamo Bergil, ¿y tú?

–Llámame Berk –dijo, antes de salir de la tienda.

CAPÍTULO IV

Era todavía pronto para ir al banquete y Bergil no estaba cansado. Se decidió a pasear también un rato por el campamento. Al principio caminaba sin rumbo, recordando con tristeza la muerte de su padre. Se preguntó dónde estaría él en aquel momento. Entonces se acordó de Arfanhuil y decidió preguntarle. Era muy sabio y seguro que sabría dar una respuesta a esta pregunta: ¿qué hay después de la muerte?

Caminó deprisa, hacia las tiendas de los generales. Se paseó entre ellos, como uno más, buscando al sabio. Los generales lo miraban extrañados, pero nadie le decía nada. Después de buscar un rato a Arfanhuil, sin preguntar a nadie por temor a que lo echaran de allí, encontró a su capitán.

–¡Soldado! –le dijo con voz severa–. ¿Qué haces aquí? Vete a tu zona.

–Perdón, señor. No sabía qué hacer hasta la hora del banquete y deseaba preguntar a Arfanhuil algo que me preocupa desde hace años. Esta mañana he hablado con él y me ha parecido que es un gran sabio. Seguro que sabrá darme una respuesta.

–Mira, chico –replicó el capitán, adoptando un tono paternal–. Arfanhuil es uno de los sabios del mundo. Conoce casi todo el pasado, gran parte del presente y creo que, incluso, es capaz de intuir algo de lo que ocurrirá en el futuro. Pero es el consejero personal del rey y debe de estar muy ocupado. La guerra no ha terminado y no es fácil decidir cuándo atacar si te importa, como a nuestro rey, la vida de los soldados. Arfanhuil, seguramente, estará ocupado aconsejando al rey.

–Es una lástima –suspiró Bergil con una profunda decepción.

–Bueno –dijo el capitán cuando vio la cara del chico–. Esta noche tenemos un banquete; entonces intentaré que hable contigo.

–Muchas gracias, señor.

El capitán dio unos pasos, pero luego se volvió y se dirigió a Bergil de nuevo:

–Mira, muchacho –replicó el capitán, comenzando a dirigirse hacia la tienda de Arfanhuil–. Como capitán es mi deber tratar bien a todos mis soldados y debo intentar que se sientan a gusto a mis órdenes. Pero te confieso que en ti he encontrado algo que me hace apreciarte de una forma especial. Tienes algo de líder, eres inteligente. Me recuerdas a mi antiguo general. Fue asesinado por un amigo suyo, que luego se arrepintió. No sé por qué lo hizo, pero ya no se supo más de él. Es una historia triste; no quiero contártela ahora que celebramos la victoria.

–Conozco esa historia –dijo Bergil. Pero, aunque había hablado en voz alta, lo había dicho para sí mismo.

El capitán se extrañó mucho, porque no era una de esas historias que los juglares cuentan en las ferias de las aldeas.

–¿La conoces? –dijo–. Me extraña, porque no hay demasiadas personas que la conozcan. Y, sobre todo, porque el propio rey se encargó de que la historia no se divulgara.

–Me la ha contado Arfanhuil –mintió Bergil para evitar delatar su identidad.

Pero el efecto de aquella pequeña mentira fue muy distinto del que él había esperado.

El capitán lo miró con una extraña expresión de sorpresa y luego se despidió.

Bergil pasó el resto de la tarde solo. No tenía muchos amigos en el ejército, aunque llevaba tres años como soldado. En su vida de pastor se había acostumbrado a pasar muchos ratos en soledad y en el ejército no había perdido esa costumbre. Se llevaba bien con todos, pero en los ratos libres solía apartarse del grupo y hacer pequeñas figurillas con trozos de madera. Los únicos soldados con los que había trabado alguna amistad eran mayores que él y habían sido ascendidos poco antes de comenzar aquella guerra. Ahora estaban en otras compañías y no podía hablar con ellos.

Cuando comenzaba a atardecer, Bergil regresó a su tienda para prepararse para el banquete. De pronto sonó el cuerno del soldado de guardia. Bergil se levantó instintivamente y asomó la cabeza por la puerta de la tienda. Todo el ejército estaba en movimiento.

Bergil salió corriendo. Mientras corría vio que cerca del campamento se encendían muchas antorchas: una hilera de pequeños puntos de fuego amenazaba al ejército sitiado.

Cuando llegó al punto donde el ejército se reunía en caso de emergencia, encontró a sus compañeros preparados para la batalla, pero enseguida recibieron la orden de aguardar dentro de la tienda.

–¡Corre! –le ordenó el capitán.

En pocos minutos estuvo preparado, al lado de Berk, que se había convertido ya en un amigo.

–Bueno, Berk –le dijo el chico–. Parece que no podemos estar tranquilos.

–El rey ya lo suponía. ¿Sabes una cosa? Arthagêl no ha sido derrotado nunca en una batalla como ésta. Quizás ha recibido ataques inesperados en los que ha sido derrotado, pero en este caso no creo que sea inesperado.

Un grito interrumpió la conversación. Por fin, los enemigos estaban atacando. Venían de todos lados, pero el ejército de Bergil estaba bien preparado. Todos los soldados, excepto los vigilantes y unos cuantos que habían recibido la orden de estar preparados en los diversos puntos de vigilancia, permanecían dentro de las tiendas de campaña. Los enemigos entraron en el campamento sin ningún problema y corrieron hasta el centro sin encontrar a ningún soldado más que los que habían huido de ellos desde los puestos de vigía. No tenían escapatoria.

De pronto, de las tiendas de campaña salieron todos los soldados del rey y cargaron contra el enemigo. La batalla fue sangrienta; murieron muchos, pero el enemigo fue expulsado. El rey enemigo no se hallaba presente esta vez. En cambio, Arthagêl desenvainó su espada, que la había recibido el mismo día en que conoció a Arfanhuil. Llevaba una armadura plateada con un águila dorada grabada en el pecho. El escudo que empuñaba con la mano izquierda lucía la misma insignia que la armadura. Unas extrañas piedras verdes que brillaban intensamente servían de ojos a las águilas doradas. El rey se lanzó al ataque blandiendo su gran espada, con empuñadura de oro y una hoja que desprendía una tenue luz azulada, de forma que parecía una llama.

Bergil vio al rey de lejos. Luchaba igual que su compañero, que ahora acababa de derribar a dos enemigos seguidos. Se lanzaba impetuosamente contra los adversarios y, a la vez, manejaba la espada con una habilidad increíble. Sus golpes eran rapidísimos y muy certeros.

El chico tuvo que dejar de mirar cómo luchaba el rey y cómo los enemigos caían a sus pies, porque ahora era él quien estaba siendo atacado. Berk se había alejado y venían hacia él tres enemigos. Se alejó de ellos huyendo. Cuando estaban a punto de alcanzarlo, se dio la vuelta rápidamente y clavó su espada en el vientre del que tenía más cerca. Los otros dos llegaron pocos segundos más tarde. Bergil ya estaba preparado. Desvió la estocada del primero golpeándolo con el escudo y detuvo con la espada el ataque del siguiente, apartándolo con una fuerte patada. Luego atacó con su espada, pero su enemigo pudo parar el golpe. Bergil siguió golpeando con furia, mientras su enemigo se veía obligado a esquivar sus golpes. El escudo resultaba verdaderamente incómodo y se estaba cansando de sostener la espada con una sola mano. Por detrás llegaba el otro enemigo, que había recuperado ya su arma. Le lanzó el escudo, pero logró esquivarlo. Entonces Bergil huyó de nuevo, buscando ayuda. Todos sus compañeros estaban luchando para salvar su propia vida. Aminoró la marcha y se dejó alcanzar; siguió la estrategia que le había servido con el primer enemigo y volvió a tener éxito. La lucha cuerpo a cuerpo con el otro no fue difícil: pronto lo derribó, haciéndole un profundo corte en el costado.

Desde ese momento, Bergil se dedicó a ayudar a compañeros en apuros. Estuvo así un rato, viendo morir a compañeros y a enemigos. De vez en cuando miraba a su alrededor buscando a Berk. Al fin lo encontró, como lo había visto en la anterior batalla, luchando él solo contra cinco enemigos a la vez, esquivando sus golpes con gran habilidad. Fue de nuevo en su ayuda y derribó a un soldado en el primer golpe. Los otros cuatro continuaron luchando unos minutos, pero huyeron al verse incapaces de acabar con un guerrero tan excepcional que, además, contaba con la ayuda de un chico de sorprendente valor.

–¡Bien, muchacho! –alentó Berk a Bergil–. ¡Llegarás muy lejos, te lo aseguro!

Aquel elogio animó mucho a Bergil, que permaneció el resto de la batalla junto a Berk, ayudando en los sectores donde parecía que las cosas no estaban muy bien. Bergil se dio cuenta de que su compañero procuraba mantenerse cerca del lugar donde luchaba el rey, que, de momento, no tenía problemas.

La batalla no podía durar mucho más.

El enemigo, muy diezmado, comenzó a huir finalmente. Pero un grupo de unos cuarenta soldados siguió luchando. Eran los que estaban resistiendo la fuerte embestida del rey. Al principio habían huido de los ataques del monarca, pero después se habían reagrupado y atacaban todos juntos. La guardia real de Arthagêl defendía a su rey con todas sus fuerzas, pero él no se preocupaba por eso; no intentaba protegerse, sino que se entregaba valientemente al combate. Algunos enemigos que estaban huyendo se unieron a sus compañeros y pronto fueron muchos los que acosaban a la guardia real. El resto del ejército de Arthagêl intentó acercarse para ayudar, pero los soldados estaban cansados y los enemigos parecían haber recobrado nuevas fuerzas.

–¡Vamos! –dijo Berk.

Ambos echaron a correr. Sus espadas centellearon cuando comenzaron a abrirse paso entre los enemigos. Bergil y Berk parecían los únicos soldados del ejército de Arthagêl que conservaban las fuerzas, junto con el propio rey. Cayeron muchos a sus pies. Pero también habían caído muchos miembros de la guardia real. Al fin, los dos intrépidos soldados llegaron junto al rey. Ya no quedaban allí más que unos diez soldados de los que al principio luchaban junto al rey. Los demás se habían ido alejando luchando en otros lugares o habían caído. Las dos nuevas espadas animaron a Arthagêl y a sus hombres, que consiguieron mantener a los enemigos a raya.

Cuando quedaban pocos enemigos, el sol se puso del todo. La única luz que brillaba era la que desprendía la espada del rey. Los enemigos se asustaron y fueron cayendo poco a poco; al fin, los últimos quince huyeron.

El rey, cuando se vio libre del acoso de los enemigos, abrazó a Berk.

–Gracias, amigo. Nunca me has fallado. Y ahora te debo la vida. Aquí había algo más que un montón de soldados enemigos.

El soldado no dijo nada. Luego el rey habló a Bergil:

–Muchacho, te agradezco infinitamente lo que has hecho por mí. Te aseguro que recibirás tu recompensa.

En aquel momento llegó Arfanhuil. Había estado observando la batalla desde su tienda. Estaba completamente indemne y su cara reflejaba la misma tranquilidad de siempre. Dio una palmada en la espalda a Bergil y dijo unas palabras al rey en secreto. Y Arthaghêl dijo a los dos soldados:

–Ahora descansen; mañana por la mañana los recibiré en mi tienda. Deseo hablar con ustedes. Muchas gracias de nuevo. Hasta mañana.

–Ha sido un placer poder servirle, majestad –respondió Berk.

Bergil no dijo nada porque estaba tan sorprendido del trato que recibía de su rey, que se había quedado mudo.

Arfanhuil y el rey se alejaron hacia la tienda real; Bergil se quedó embobado hasta que su compañero le habló:

–Ven chico, vamos a dormir. Ha sido un día muy duro y mañana será una jornada importante.

–¿Por qué?

–Van a ocurrir cosas muy grandes. No es normal que Arthagêl quiera que vayas a su tienda. Y tampoco ha sido normal la batalla de esta noche. Cuando estaban más cansados, los enemigos se han reanimado de repente y los nuestros se han cansado más. Esta noche hemos estado a punto de perder al rey.

–No lo había pensado..., pero tienes razón.

CAPÍTULO V

Llegaron a la tienda y se echaron a dormir encima de sus mantas. Los demás soldados estaban reuniendo los cadáveres de todos los compañeros caídos y curando a los heridos. Los enemigos muertos fueron apilados y enterrados en una fosa fuera del campamento. Encima se colocaron todas sus armas. Los amigos fueron enterrados en tumbas individuales.

A la mañana siguiente, Arthagêl ordenó formar al ejército frente a las tumbas. Cuando todos estuvieron allí, llegó él y se sentó en un sillón de madera. Junto al rey se sentó su hijo Ciryan, como en el discurso en el que Arthagêl había felicitado a sus soldados por la victoria. El rey comenzó a hablar:

–Queridos soldados. Todos lamentamos profundamente la pérdida de nuestros compañeros. Fueron soldados valientes. Muchos tenían familias y no volverán a ver a los suyos. Hoy es un día triste.

El rey hablaba con una voz muy clara, aunque sin gritar. Su discurso era pausado.

–He decidido –continuó– dar por terminada la campaña de ataque a nuestros enemigos. Creo que debemos volver a nuestros hogares. Yo mismo transmitiré las malas noticias a las familias de los caídos, que han dado la vida por su reino.

»Desde ahora debemos acordarnos de ellos todos los días; no olviden, queridos soldados, que cualquiera de ustedes podría estar ahora con ellos. Ellos sirvieron a Berlindon tanto como ustedes. Ellos han entregado su vida y ahora tienen su recompensa. Sin embargo, la separación es dolorosa. Los hombres no entendemos esta separación y nos duele perder a un amigo. Pero debemos conservar la esperanza y confiar en que, al morir nosotros, volveremos a verlos y estaremos siempre con ellos. Mientras tanto, queridos soldados, dar gracias a Ivië, porque, si conservan la vida, no es porque sean mejores que los que no la conservan; es porque Ivië ha querido.

»Mañana emprenderemos el camino de regreso a Berlindon. Cuando lleguemos a casa, deberán tomar una decisión. La guerra no es la única forma de servir a su reino. Es, ciertamente, una elección admirable, pero igualmente respetable es la opción de quien elige cultivar las tierras de Berlindon, si lo hace en servicio del reino. También lo son la carpintería o la herrería. Cualquier trabajo es un gran servicio y todos tienen para mí el mismo valor. Quien lo desee, podrá abandonar el ejército y dedicarse a otra profesión.

»Así pues, hemos terminado nuestra batalla. A partir de hoy, nunca más atacaremos a otros reinos, excepto cuando sea imprescindible para defender Berlindon o a los amigos de Berlindon. Dos semanas después de llegar a casa, dedicaré tres días a recibirlos en mi palacio a cada uno de ustedes y escucharé personalmente sus decisiones.

Se hizo el silencio. Se escuchó el sollozo de algunos soldados que habían perdido a sus amigos. Los demás permanecieron donde estaban, muy serios. Todos reflexionaban sobre lo que había dicho el rey.

Arfanhuil se levantó y miró hacia donde estaban Bergil y Berk, en primera fila. Les hizo un leve gesto con la cabeza para que lo siguieran y comenzó a caminar hacia su tienda. De pronto, el joven sintió que alguien le tocaba la espalda. Al girarse vio al príncipe Ciryan, el hijo menor del rey. Los dos se habían conocido mucho tiempo atrás, cuando Medgil llevaba a su hijo en los viajes que hacía a Kemenluin, para visitar al rey. Los hijos del rey, Ciryan, el menor, y Arthanûr, el mayor, se entretenían mucho con él, porque era un niño alegre y muy inteligente.

–¿Te acuerdas de mí? –dijo el príncipe.

–¡Por supuesto! –repuso éste–. Creía que no ibas a reconocerme.

Después de abrazarse, los dos amigos siguieron al rey, a Arfanhuil y a Berk hacia la tienda de Arfanhuil. Mientras caminaban, Ciryan tuvo tiempo de decir a Bergil:

–Cuando murió tu padre, mi casa se llenó de tristeza. Recuerdo que yo, a mis catorce años, perdí las ganas de pertenecer al ejército. Pero Arfanhuil me animó. Me dijo que algún día te volveríamos a ver... y así ha sido.

–¿Qué pasó con Mithrain?

–También desapareció.

Entraron por fin en la tienda de Arfanhuil. Allí se sentaron en unas pequeñas sillas de viaje. La de Ciryan y la de Arfanhuil eran un poco más altas que las otras. Bergil se preguntó por qué no se sentaba Arthagêl en una de esas sillas, en lugar de Ciryan. Después de todo, él era el rey, es decir, el superior de todos los que se hallaban allí. De todos modos, no era momento de preguntar.

Bergil advirtió que Berk estaba muy tenso. Él, por su parte, sólo estaba intrigado por saber qué iba a pasar.

Enseguida llegaron dos sirvientes del rey, que le preguntaron si deseaba algo.

–No, gracias. Hoy pueden hacer lo que quieran. Voy a estar ocupado con un asunto importante y hasta la hora de comer no voy a necesitar su ayuda. Descansen tranquilos hasta que los llamen.

Los sirvientes se fueron y entonces Arfanhuil tomó la palabra:

–Bien, Bergil –dijo–. Debes estar profundamente ansioso por saber para qué se te ha llamado.

–Sí, señor –respondió el chico, intimidado por la seriedad de los otros.

–Hoy es un día muy importante para ti –continuó Arfanhuil–. ¿Sabías que tu padre era un caballero de Ivië?

–¿Caballero de Ivië? No había oído hablar nunca de nada parecido.

–Eras joven cuando murió. Bien. Dime sinceramente, ¿qué fue lo que más te sorprendió de la batalla de ayer?

–Realmente... me sorprendió la habilidad con que su majestad maneja la espada. Me gustaría tener esa facilidad. Así serviría mejor a mi rey.

–¿En algún lugar habías visto a alguien que luchara así?

–Sólo a una persona. A Berk. Aunque parecía que su majestad tenía aún más habilidad.

–Yo he visto a varios. Ahora mismo existen solamente trece personas capaces de manejar la espada de Ivië. Son los caballeros de Ivië y dos personas más. El rey y sus hijos son caballeros de Ivië. Ciryan es el gran capitán de los caballeros. Él manda sobre los caballeros, aunque Arthagêl sea el rey de Berlindon. Por eso nos hemos reunido aquí y no en la tienda del rey; y también por eso, Ciryan ocupa la silla más alta y no Arthagêl. Tu padre también era un caballero de Ivië. Tu compañero podría haber llegado a serlo..., pero ésa es otra historia que conocerás en su momento. Hay otros ocho caballeros de Ivië, porque las órdenes de Ivië son tres, de cuatro caballeros cada una. Pero la Orden del Águila Dorada, la de su majestad, necesita el sucesor de tu padre.

—Perdón, quizás la pregunta carece de importancia, pero, si no he entendido mal, hay trece personas capaces de manejar la espada de Ivië. Me ha dicho, señor, que once de ellos son su majestad y los demás caballeros de Ivië, otro es Berk, ¿el decimotercero es mi padre, o hay alguien más?

—Fue tu padre, pero ahora eres tú.

—¿Yo? Perdón, señor, creo que mi habilidad no es comparable con la del rey ni con la de mi compañero. En las dos únicas batallas en las que he participado, me he limitado a mantenerme bajo la protección de Berk, casi como un cobarde. Si derribé a muchos enemigos fue gracias a su ayuda.

—¿Has empuñado la espada de tu compañero? ¿Tienes la seguridad de que es igual que la tuya? —replicó Arfanhuil.

—No, señor. Pero perdone mi terquedad si insisto en que mi habilidad no alcanza para manejar así la espada más liviana del mundo.

—Yo te he visto, Bergil —intervino de pronto Ciryan—. Luchas bien. Pero no se trata de eso. Yo no lucho con mis habilidades; yo lucho con fuerza prestada, como todos los caballeros de Ivië. Es él, Ivië, quien nos presta la fuerza a algunos, a los que quiere. Y eso no depende de que seamos más o menos hábiles con la espada. Depende de que él quiera.

—No lo entiendo, señor.

—Tranquilo. Ahora escucha —le dijo Arfanhuil—. En el principio de los tiempos, los siervos de Ivië gobernaban el mundo. Hadephnir era el dueño de los vientos, Falraen gobernaba los mares y todas las aguas. Galabdon era el señor de los valles y los montes. Y había muchos otros siervos de Iviё. Pero el más grande de todos, Thalgemir, que gobernaba el fuego, no quiso servir a Iviё. Y el Señor de todas las cosas respetó su libertad. Pero Thalgemir tomó la forma de los hombres, las criaturas más queridas de Iviё, y los engañó, haciéndose rey entre ellos. Entonces los hombres olvidaron a los reyes de Iviё, aunque no todos. Los pocos que se mantuvieron fieles al Señor de todas las cosas se reunieron en una isla al oeste de las tierras y se defendieron. Los demás hombres, al ver que no podían con ellos, porque Iviё los protegía, los olvidaron. Hasta aquí ya lo sabías todo, ¿no?

–Sí, señor. Mi tutor me enseñó bien.

–Bien. El pueblo de Iviё vivió en la Isla del Oeste durante muchos siglos y fue un pueblo próspero. Desde el principio tuvo un rey que lo gobernaba y la dinastía de este rey duró todos los siglos que el pueblo de Iviё permaneció en la isla, porque Iviё mandaba consejeros que le enseñaban cómo gobernar la isla. Estos consejeros eran siervos de Iviё, aunque no tan grandes como Hadephnir o Falraen, porque eran siervos menores. Yo soy el último de ellos, junto con alguno más, que ahora está ocupado con otros asuntos. Cuando llegué a la Tierra, traía un mensaje de Iviё para su pueblo. El Señor de todas las cosas deseaba que se crearan tres órdenes de caballería, de cuatro caballeros cada una, para volver a combatir al antiguo Thalgemir, ahora llamado Khúnmir.

48

Los caballeros de las órdenes de Ivïe tendrían armaduras iguales, como la del rey, con símbolos distintos: un águila dorada, un caballo plateado y un árbol de tronco dorado y hojas de plata. Serían los representantes de Ivïe en la Tierra. Cada uno tendría una espada de Ivïe y un escudo. Y a través de estas armas, Ivïe les daría fuerzas para luchar contra cualquier mal y nunca les pasaría nada si eran siempre conscientes de que recibían la fuerza del Señor de todas las cosas.

»En todos estos siglos, los demás hombres habían olvidado a Ivïe y a sus siervos, y sólo recordaban a Khúnmir. Se habían vuelto oscuros y se peleaban entre ellos constantemente, matándose unos a otros. Era raro que se aliaran para conseguir algo y, si lo hacían, siempre era con temor a una traición tan pronto como hubieran logrado su propósito. Así fueron avanzando, desarrollándose muy lentamente a causa de las guerras, con un arte muy escaso y unos medios de vida muy pobres, en comparación con el pueblo de Ivïe, en cuyas ciudades se escuchaban cantos y música habitualmente. Pero Ivïe quiso recuperar a los demás hombres y por eso ordenó a su pueblo que se expandiera, aunque todavía quedaba espacio en la isla para crecer durante muchos siglos más. De este modo, los caballeros y unos cuantos ciudadanos se embarcaron y se dirigieron a las tierras de Khúnmir. Allí llegó el pueblo de Ivïe, que volvía de nuevo a la tierra donde había nacido la raza humana. Los doce caballeros establecieron doce pequeños reinos. Al principio, los contactos con los otros hombres eran difíciles, pues sus lenguas eran diferentes y ellos nunca habían oído hablar de nadie que viviera más al oeste que ellos.

»Khúnmir se había ido manteniendo entre los hombres, cambiando de forma y ocupando distintos reinos. Y se enteró de que había aparecido una raza de hombres nuevos. Entonces comprendió lo que estaba pasando y se encargó de enemistar a los distintos pueblos con aquellos hombres. Y fue capaz de unir por una vez a todos los hombres que lo seguían para expulsar a quienes hacían peligrar su dominio. Esto ocurrió porque Ivië no deseaba que se manifestaran de forma esplendorosa, sino que debían introducirse en aquellos pueblos y cambiarlos desde sus propias entrañas. Así me mandó Ivië que lo dijera a sus caballeros, los cuales huyeron de nuevo a la Isla del Oeste, para volver ocultos e intentarlo de nuevo.

»Los caballeros se establecieron entre los hombres de los distintos poblados y comenzaron a contar a la gente, en secreto, la historia de cómo los hombres habían olvidado a Ivië, su padre. Algunos hombres comprendieron quién era Khúnmir. Por fin pudieron establecerse los nuevos reinos y no tuvieron trato con los demás, sino que intentaban convencerlos a cada uno, personalmente. Tampoco buscaron el crecimiento del nuevo pueblo de Ivië, sino que establecían nuevos reinos. Algunos de los reyes eran caballeros de Ivië, pero otros no, aunque le eran fieles.

»Pero los caballeros de Ivië son hombres comunes, como los demás, y también mueren. Por eso Ivië decidió que, al morir, fueran sustituidos. Yo mismo recibí el encargo de buscar a los sucesores. Así nos hemos mantenido hasta ahora. Han ido apareciendo pequeños reinos de Ivië y las órdenes de Ivië se van manteniendo en el tiempo gracias a los sucesores. Sin embargo, desde hace unos siglos, Khúnmir está trabajando mucho y su dominio se hace cada vez más fuerte. Ahora sólo queda un reino de Ivië, que es el de Arthagêl. En él están agrupados todos los caballeros de Ivië, que de vez en cuando intentan entrar en otros reinos. Ya conoces a algunos de ellos, como los príncipes, o Talmir. Pero fue Khúnmir quien consiguió entrar en Berlindon. Y Medgil fue asesinado.

»Ya entonces hacía varios siglos que el número de los caballeros de Ivië estaba incompleto. Ésa fue la causa de que aumentara el poder de Khúnmir. Pero ahora la amenaza es inminente. Lo veníamos notando desde hacía mucho tiempo; por eso llevamos años buscando a los llamados a ser caballeros de Ivië. En los ocho años que has pasado oculto, hemos llegado a los once, pero todavía no he encontrado a un sucesor para tu padre. Hace más o menos un año y medio que presiento que Khúnmir se nos está echando encima con un ejército más poderoso de lo que sospechamos y es necesario que se complete el número de los caballeros. La sucesión no corresponde necesariamente al hijo del caballero difunto, y no suele ser así. Pero en este caso, parece que tú puedes ocupar el lugar de tu padre. Eres valiente, inteligente y procuras servir a los demás. Pero la decisión es tuya. Debes saber que el caballero de Ivië está obligado a luchar por los reinos de Ivië toda su vida. Es una vida dura, llena de momentos de dolor. Verás morir a muchos amigos. Experimentarás la traición, quizás, de otro caballero, pues esto ha ocurrido alguna vez. Pero tendrás algo que oriente todos los actos de tu vida. Todos tus actos tendrán un sentido. La mayoría de los hombres no son felices porque no han dado un rumbo a su vida, o porque han errado en ello.

»Por otro lado, ya he dicho que ahora es urgente que se complete el número de los caballeros de Ivië. Lo que llevaba presintiendo durante un año y medio se ha confirmado por fin. Khúnmir estuvo aquí ayer, en la batalla; ésa es la razón por la que nos retiramos de la guerra. No hemos sido derrotados ni nos faltan fuerzas, pero debemos reunir a los actuales caballeros de Ivië porque la amenaza está ahí. Estoy convencido de que pronto será necesario que los doce caballeros de Ivië luchen juntos de nuevo para enfrentarse a este peligro.

El rey y el soldado se mantenían en silencio. En el rostro de Berk se podía distinguir una fuerte tensión. Miraba al muchacho con los ojos muy abiertos, casi suplicándole que aceptara la propuesta.

—¿En verdad creen que el rumbo de mi vida debe ser el de caballero de Ivië? —preguntó Bergil—. Y si me equivoco, ¿qué pasará?

—Todos los caballeros, después de recibir sus armas, deben demostrar que han sido designados por Ivië. Nadie sabe cuándo ni cómo ocurrirá, hasta que ocurre. Podríamos decir que es como una prueba. Si no superas la prueba, pierdes tus armas; si la superas, Arfanhuil lo sabe y te lo comunica.

–Aunque no aceptaras –añadió entonces Arthagêl–, al salir de aquí recibirás el honor de un alto cargo en el ejército. Serás el segundo de tu capitán; ya he hablado con él y también piensa que eres un gran soldado.

–No creas, en cualquier caso –añadió Arfanhuil–, que la opción que tomes es indiferente. Si te equivocas y no te conviertes en caballero de Iviё, Berlindon se va a enfrentar a esta amenaza con un caballero menos y el peligro se multiplicará. Por otro lado, si te equivocas aceptando, cuando debas renunciar –y esto no dependerá de una elección, sino que te verás forzado a ello– sufrirás un desánimo, un desencanto con la vida, hasta que encuentres de nuevo tu rumbo. He visto casos de este desánimo; algunos no pudieron soportarlo y se marcharon de Berlindon a luchar en las filas de Khúnmir o a otros reinos.

Después de un rato de silencio, el joven respondió:

–Gracias, majestad. También a usted, Arfanhuil. Creo que ya he decidido. Mi padre debe ser sustituido cuanto antes y, si ocupo su puesto ahora, aunque no sirva para esta misión, al menos tendrá sustituto durante un tiempo, hasta que se demuestre que no sirvo. Por otro lado, la sabiduría de todos los presentes es superior a la mía, pues he vivido ocho años en el monte, con una educación precaria. Sería necio si no me fiara del consejo de todos ustedes.

–No sé lo precaria que ha sido tu educación, Bergil –dijo Arfanhuil, levantándose y adoptando después un tono solemne–. Tus palabras demuestran que tienes una personalidad fuerte y una educación concienzuda. Sin duda, tienes condiciones para ser caballero de Ivië, aunque es el Señor de todas las cosas quien finalmente decidirá. En cualquier caso, en virtud de la autoridad que de él he recibido, Bergil, hijo de Medgil, yo te nombro caballero de Ivië, de la Orden del Águila Dorada.

Después de estas palabras, Arfanhuil puso su mano derecha con la palma abierta sobre la cabeza de Bergil. La gema que llevaba colgada sobre el pecho comenzó a brillar con una luz muy intensa y luego esa luz salió de la gema y envolvió a Bergil durante unos segundos. Arfanhuil apartó lentamente la mano y se mantuvo inmóvil. Luego la luz se esfumó y el muchacho se vio ataviado con una armadura igual que la del rey, con un águila majestuosa y dorada dibujada sobre su pecho y en el escudo. Ambas águilas tenían unos pequeños zafiros que hacían las veces de ojos y que brillaban con la misma extraña luz que la gema de Arfanhuil. Del cinto le colgaba una espada, también igual que la del rey. Al desenvainarla notó que, en efecto, era una espada muy liviana, de un metal que desconocía. La hoja brillaba débilmente.

–Te felicito, Bergil. Te has convertido en uno de los nuestros. Juntos, llevaremos a cabo grandes hazañas al servicio de Ivië.

–Gracias, majestad.

–Llámame Arthagêl.

–Perdón... –Bergil estaba desorientado. Todavía no se había recuperado de la sorpresa. Desde pequeño había oído hablar de magos, pero nunca había visto verdadera magia. De hecho, ninguna de las personas que le habían hablado de magia la había visto, porque sólo podían realizarla los emisarios de Ivië y aquéllos a los que Ivië daba poder; siempre debían hacerlo en beneficio de Ivië y de los hombres. Además, la magia de la que había oído hablar era mucho más vulgar que lo que acababa de ver. Esto era algo inexplicable, lleno de una fuerza sublime y extraordinaria.

–Bien, Bergil –dijo entonces Arthagêl–, vete ahora y habla con tu capitán. Te dirá en qué consisten las funciones que corresponden a tu nuevo cargo.

–Muy bien, Arthagêl. Gracias de nuevo. Hasta luego, Ciryan; me gustaría hablar contigo con más calma.

–Ya tendremos tiempo, no te preocupes.

–Con su permiso –dijo Berk–, yo me retiraré también a mi puesto.

En aquel momento, Bergil se preguntó por qué su compañero había sido invitado a aquella reunión, en la que se habían tratado asuntos con los que, en apariencia, poco tenía que ver. No había dicho nada en ningún momento y sólo se le había mencionado una vez, de forma superficial. Decidió preguntárselo cuanto antes.

CAPÍTULO VI

Enseguida salió de la tienda de campaña, seguido por Berk. Caminaron directamente hacia su tienda, donde encontraron al capitán ordenando a unos soldados que la desmontaran.

–¡Vaya! Mi nuevo segundo –dijo el capitán con buen humor, al verlos.

–Sí, mi capitán. Me pongo a sus órdenes.

–Bien, Bergil. Me alegro de tener un buen ayudante. ¿Ya sabes en qué consiste tu cargo? Veo que no. Tú serás mi consejero y el que comunicará mis órdenes a los soldados. Y serás también mi sustituto. Hasta ahora, hacía yo mismo estas labores, porque el último ayudante que tuve murió hace cuatro años. No había encontrado a ningún otro hasta que te vi a ti.

–Gracias, mi capitán, pero ya sabe que soy un inexperto en la guerra.

–Sí, ya lo sé. Pero nadie en todo el ejército duda lo más mínimo de tu gran valor. Me parece que no te haces idea del prestigio que has conseguido en los últimos días.

–Pero... no he hecho nada del otro mundo.

–Has luchado como un valiente. Te aseguro que quedan pocos como tú. Y la armadura que llevas es prueba de ello. Son pocos aquéllos a los que el rey concede esta armadura. Verás a muy pocos con esta distinción.

–Gracias, mi capitán –replicó Bergil, comprendiendo que el capitán no conocía la historia de los caballeros de Ivië.

Se acordó entonces de que Ivië les había mandado que conquistaran el mundo de manera oculta. Ahora, llevar esa armadura significaba para el ejército que el soldado que la llevaba había merecido la estima del rey y era admirado por todos sus compañeros.

–¡Bueno, basta de charla! –exclamó entonces el capitán–. Ordena a todos que formen dentro de media hora ante las tumbas de los caídos, donde hemos escuchado esta mañana a su majestad.

Con estas palabras se marchó en dirección a la tienda del rey.

Bergil transmitió las órdenes del capitán, que se cumplieron al pie de la letra. Todos estuvieron en el lugar que se les había indicado a la hora que había sido ordenada.

Antes, Bergil recibió las felicitaciones de sus antiguos compañeros, ahora subordinados.

El rey llegó a los pocos minutos con Arfanhuil, con sus cinco generales y con los cinco capitanes que cada uno de ellos tenía a sus órdenes. Se habían reunido para redistribuir el ejército. Los generales y capitanes ocuparon sus puestos y el rey comenzó a hablar de nuevo:

–Queridos soldados: sé que esperan resignados otro discurso de su rey. Pero no deseo cansarlos. Nuestro ejército ha quedado bastante reducido y ha sido necesario redistribuirlo, al menos, hasta llegar a nuestros hogares. Ahora deben escuchar a sus capitanes, que les comunicarán enseguida los cambios. Dentro de dos horas partiremos hacia nuestras casas. Gracias soldados, han prestado un gran servicio a su reino.

Antes de las batallas, cada general tenía mil soldados a sus órdenes, de los cuales, doscientos correspondían a cada capitán. En esos momentos, todo el ejército contaba con poco más de tres mil soldados, y algunos generales se habían quedado con menos de quinientos hombres. Con la redistribución, a cada general le correspondían unos seiscientos soldados, divididos en grupos de unos ciento veinte soldados a las órdenes de cada capitán.

Una vez que el capitán comunicó a Bergil los cambios que se habían producido en su grupo, Bergil los transmitió a sus hombres y luego se retiró a hablar con su capitán:

–¿Ya estás preparado para partir?

–Sí, mi capitán.

–Bien. Si quieres, puedes disponer de un ayudante.

Bergil no dudó en señalar a Berk.

—Está bien, pero creo que ya sabes que es un soldado especial. Deberá dar su consentimiento. Yo lo intenté varias veces y nunca aceptó, no sé por qué.

—Hablaré con él. Si no quiere, prefiero no tener ningún ayudante.

—Me parece bien. Pero déjame darte un consejo. Si la amistad entre un soldado y alguien de tu rango es demasiado estrecha, puede resultar muy peligrosa para ambos. Si se tratara de otro soldado, te habría prohibido que lo tomases como ayudante. Sin embargo, de este hombre me fío; no permitirá que su amistad ponga en peligro al ejército.

—Gracias, mi capitán. Tendré en cuenta su consejo. Si me permite, voy a hacerle la propuesta.

Encontró a Berk con otros soldados. Les estaba contando una extraña historia de las batallas que Arthagêl había librado en su juventud, y ellos escuchaban en completo silencio. Bergil esperó hasta el final de la historia y luego recibió las felicitaciones de sus soldados. Después se llevó a su amigo aparte y le propuso que se convirtiera en su ayudante.

—Muchas veces me ofreció el capitán algo así. Incluso, me propuso nombrarme su ayudante. También el rey me ha ofrecido cargos importantes, pero siempre me he negado.

—¿Por qué?

El compañero reflexionó unos instantes. Sus ojos grises que, desde que se había hecho amigo de Bergil ya no estaban tan tristes, volvieron a entristecerse. Quizás ahora eran todavía más tristes que antes.

–Ha llegado la hora de revelarte mi secreto –dijo en voz muy baja–, aunque me resulta difícil hacerlo.

–¿Por qué? Puedes contarme lo que quieras. Yo ya te conté mi historia. Creo que tú, Arfanhuil, Arthagêl y Ciryan son los únicos que la conocen.

–Precisamente éste es el secreto –su voz adquirió de pronto la firmeza de quien acaba de tomar una decisión difícil–: yo soy Mithrain.

Estas tres palabras parecieron vaciar el cerebro de Bergil. Miró a su compañero y la imagen de Mithrain en el castillo de su padre, justo después de cometer el crimen, con esa sonrisa forzada, reapareció en su mente. Era él, sin ninguna duda. El cambio en la expresión de la cara era lo que no le había permitido reconocerlo. Su amigo era Mithrain. ¿Qué debía hacer? No quería matarlo, aunque su espíritu joven parecía obligarle a hacerlo. Quizás debía expulsarlo del ejército, llevarlo ante el rey, para que decidiera.

–¿Por qué lo hiciste? –inquirió el joven, con la voz entrecortada.

–Cuando ocurrió, yo tenía mi casa junto a las montañas. Apareció por allí un hombre. Era un soldado de un país lejano, de las tierras donde se han olvidado de Ivië, aunque eso no me lo dijo. Me hice amigo de él, porque venía a visitarme con frecuencia, como hacía yo con tu padre y contigo. Un día me contó la historia de los caballeros de Ivië. Me dijo que yo estaba destinado a ser un gran caballero cuando muriera Medgil. Aquel hombre me iba engañando y me hacía envidiar cada vez más a tu padre. La envidia y las ganas de convertirme en caballero de Ivië se hicieron tan grandes que decidí matar a tu padre. Ya sabes cómo lo hice. Pero después, cuando te vi a ti, sonriéndome de esa manera tan inocente, me di cuenta de lo que había hecho. Comprendí que aquel hombre que me había movido a matar a tu padre, a quien yo había considerado mi amigo, no era otro que Khúnmir. Cuando llegué a casa lo encontré allí y lo maté con mi espada. Mientras moría se reía, diciéndome que iba a reencarnarse. Creo que eres capaz de comprender que he cambiado. Pero también entiendo que me has odiado durante muchos años. Sé que no me matarás, pero, si decides que me aleje de ti, lo comprenderé y me marcharé lejos a comenzar otra vida.

–¿Qué hiciste después? –dijo Bergil secamente.

–Fui a ver a Arfanhuil –continuó, con la voz entrecortada, al tiempo que sus ojos se llenaban de lágrimas–. Lo había conocido antes, en mis visitas oficiales y amistosas al rey, antes de que tú nacieras. Le dije lo que había hecho y me recomendó que hablara con el rey. Luego, aconsejado por Arthagêl, me incorporé al ejército. Pero nunca ha sido como antes. No como cuando era general, sino mucho antes; como la primera vez que entré en el ejército. Ahora soy un hombre solitario. Muchos soldados ni siquiera conocen el nombre que uso. Ninguno sabe cuál es el mío verdadero. He renunciado siempre a cualquier honor, hasta que pudiera encontrarte de nuevo y pedirte perdón. Además, he tenido que esconderme de todos aquéllos a quienes había conocido. Arthanûr, el príncipe, ya no ha sabido más de mí. Tampoco Talmir, que ahora es uno de los grandes generales de Arthagêl.

»Luego te encontré. Sin embargo, cuando me contaste tu historia, no podía decir nada. Había hablado con Arfanhuil justo después de la batalla en la que nos encontramos y me pidió que mantuviera el secreto unos días, hasta que él y el rey hubieran hablado contigo. Así lo he hecho; ya he hablado. Ahora la decisión es tuya y yo la acataré.

Bergil se quedó en silencio unos segundos, reflexionando. No sabía qué hacer. Sin darse cuenta, había ido alimentando el odio hacia el asesino y ahora descubría que este asesino no era otro que alguien por quien había llegado a sentir un gran afecto.

—No puedo decidir enseguida, tengo que pensar con calma —dijo.

—Lo comprendo. Tienes razón. Esperaré cuanto quieras.

Bergil se marchó de allí, en busca de soledad. Se encaminó a un lugar apartado, fuera del campamento, desde donde podía contemplar la llanura. Ahora no se fijaba en la hierba, ni en el viento, ni en el aspecto del paisaje. Tenía los ojos cerrados. Procuraba recordar los mejores momentos que había pasado con Mithrain, pero siempre venía a su mente el recuerdo de la última vez que lo había visto, antes de saber que había asesinado a su padre. También pensaba en cómo se entregaba a la lucha en servicio de Berlindon y en las veces que le había salvado la vida. No había huido de él. Tampoco lo había matado. Era verdad lo que decía y Arfanhuil se había preocupado de darle datos que hicieran creíble la versión de Mithrain. Pero Mithrain había matado a su padre y eso había cambiado la vida de Bergil, afectándole en lo más profundo de su alma.

El joven caballero de Ivië estaba sumido en estos pensamientos cuando notó que alguien se sentaba a su lado. Abrió sus ojos llorosos y vio a Arfanhuil, que le sonreía.

–¿Cómo te encuentras, Bergil?

–No sé que hacer, Arfanhuil. Mithrain me ha contado lo que pasó.

–¿Le crees?

–Sí, pero mi situación es muy extraña. Es cierto que ha cambiado, pero tengo miedo de seguir soñando con mi padre si lo acepto en mi ejército. No me gustaría estar acordándome siempre de lo que hizo, de aquella sonrisa forzada y culpable con la que me ocultó lo que había hecho. No quiero verlo en mis sueños como a un enemigo y tener que tratarle después como a un amigo. Estaría fingiendo.

–Nunca los sueños han sido más reales que la vida.

–Ya sé lo que quieres decir. Pero es una situación muy difícil.

–No puedo decirte qué decisión es la correcta, Bergil, pero sí te voy a decir que se trata de una decisión que determinará tu vida futura. ¿Sabes? Todavía recuerdo el día en que te vi entrar en el ejército. Tenías quince años.

Hacía poco que el rey había decidido adelantar la posibilidad de entrar en el ejército a la edad de catorce años. Te reconocí enseguida. Eras un muchacho que venía del campo, pero caminabas con un porte noble que no se pierde ni con ocho años de vida en la montaña. Siempre has seguido siendo el hijo de un general. Y tus compañeros notan que eres distinto a ellos. Recuerdo que te vi pasear por la ciudad, ponerte a la cola de los que querían entrar en las tropas de Arthagêl y firmar el pergamino. No te fijaste, pero el hombre que estaba sentado a la mesa se sorprendió. Nadie firmaba, pero tú tomaste la pluma con soltura y estampaste una firma. Tu padre te había enseñado bien a escribir. Luego, no me resultó difícil conseguir que te incluyeran en la misma compañía que a Mithrain. Arthagêl y yo éramos los únicos que sabíamos dónde estaba y quién había matado a tu padre. No podía dejar escapar la ocasión de intentar dar una oportunidad a Mithrain.

—Es un gran hombre. Lo he comprobado desde que he vuelto a conocerlo. No es el mismo Mithrain que mató a mi padre.

—Las personas sufren cambios con el paso del tiempo, pero nadie deja nunca de ser quien es. En este sentido, te aseguro que es el mismo Mithrain; es la misma persona que entró en la habitación de tu padre y le hundió una daga en el corazón. Pero también te aseguro que es la misma persona que fue a suplicarte de rodillas que le perdonaras, cuando tenías diez años, pero habías huido; el mismo que fue a pedirme consejo con los ojos llenos de lágrimas y el corazón vacío de toda esperanza. Sí, ha cambiado desde que tú le conociste hasta ahora. Todavía le duele la herida que le abrió Khúnmir y me temo que sólo hay una manera de que cicatrice. Pero no sé si será posible ponerla en práctica alguna vez...

–¿Qué herida? Mithrain no me ha hablado de ninguna herida.

–¿No? ¡Qué extraño...! ¿Estás seguro? Hay muchos tipos de heridas y no todas se abren a golpes o con la espada.

Bergil entendió entonces que Arfanhuil se refería a la corrupción que Khúnmir había obrado en el alma de Mithrain. Hizo un esfuerzo por recordar momentos anteriores al día en que su padre fue asesinado a manos de su mejor amigo. Mithrain era un hombre excepcional. Siempre había sido muy cariñoso con él; alguna vez le había contado alguna historia y se había preocupado de entretenerlo durante horas. En aquel momento, Bergil deseaba haber podido hablar con su padre, preguntarle qué había recibido de Mithrain, hasta dónde había llegado la amistad entre los dos. En cualquier caso, a juzgar por la frecuencia de sus visitas, era de suponer que Mithrain había querido mucho a Medgil.

–¿Cómo era el trato entre mi padre y Mithrain? –preguntó Bergil a Arfanhuil, que había guardado silencio mientras el muchacho pensaba.

–¿Entre tu padre y Mithrain? –dijo el sabio de los sabios–. Eran como los dos hermanos más unidos del mundo. Lo sabían todo el uno del otro..., hasta que apareció Khúnmir.

Khúnmir... Bergil intentaba entender cómo Mithrain podía haberse dejado engañar por él.

–¿Cómo es posible? –dijo, pensando en voz alta.

–¿A qué te refieres? –preguntó Arfanhuil.

–A Mithrain. ¿Cómo es posible que se dejara engañar de aquel modo? ¿No era Mithrain un general tan valioso y un hombre íntegro hasta las últimas consecuencias? ¿Cómo le engañó Khúnmir?

–Querido Bergil, acabas de dar con la gran pregunta. Hasta el hombre más fuerte, incluso el mismísimo rey o Ciryan, el gran capitán de los caballeros de Ivië, si no se mantienen alerta, son vulnerables a las tentaciones que brinda el poder. Mithrain se enfrentaba a un peligro totalmente desconocido para él. Estaba desprevenido y estuvo a punto de sucumbir por completo.

–¿Qué quieres decir? Mató a mi padre. No podía sucumbir mucho más.

–¡Cuánto te queda por aprender! No sospechas hasta dónde puede llegar la maldad del corazón humano, Bergil. Y, si en lugar de acudir a mí llorando y de rodillas, se hubiera marchado de Berlindon en secreto, poniéndose al servicio de Khúnmir, ¿no habría sucumbido todavía más?

Bergil guardó silencio unos segundos.

–Entonces –dijo después–, si Mithrain actuaba bajo la influencia de Khúnmir, se podría decir que no fue culpable de asesinar a mi padre.

–Era culpable; él lo sabe y lo reconoce. Pero está arrepentido y no volverá a hacer nada parecido. Piénsalo bien. No es necesario que te diga que estás ante una de las decisiones más importantes de tu vida.

Tras decir estas palabras, Arfanhuil dejó a Bergil solo de nuevo. El chico estaba confuso. Por un lado, Arfanhuil había dedicado grandes alabanzas a Mithrain, pero, por otro, no había dejado de advertirle que el asesinato que había cometido había sido consciente y premeditado. Entonces, una idea vino a su mente. Él amaba a Mithrain; eso no podía negarlo. Lo había odiado durante ocho años, pero después lo había encontrado y había llegado a considerarlo su mejor amigo antes de saber que era él. En el fondo, el trato que había tenido con Mithrain en aquellos días había sido como el que habían tenido antes de la muerte de Medgil. Eran aquellos ocho años, alimentando el odio sin darse cuenta, los que hacían difícil tomar la decisión que bien sabía que tenía que tomar, ocho años soñando con la falsa sonrisa de un asesino que después se arrepintió. Alguien que había cometido un grave delito y que, sin embargo, había recibido el perdón del rey. Y no sólo el perdón, sino el ofrecimiento repetido de grandes honores. ¿Quién era él para condenar a un hombre a quien los sabios habían perdonado?

–Bien. Le perdono –se dijo– y le amo como a mi padre. De hecho, ha sido como mi padre desde que luchamos juntos en aquella batalla.

Bergil se sintió profundamente agradecido de que Arfanhuil hubiera estado a su lado en ese momento. Después, se fue corriendo a buscar a Mithrain. Le costó encontrarlo. Estaba también fuera del campamento, tumbado en la hierba, mirando al firmamento. Al acercarse, Bergil vio que lloraba. Al ver al muchacho, Mithrain se levantó y bajó la cabeza para oír lo que el chico iba a decirle.

–He llegado a amarte como a mi padre, Mithrain –dijo–. Sin embargo, llevaba muchos años odiándote. Pero creo que a quien yo odiaba era al que asesinó a mi padre. Y tú no pareces capaz de cometer un crimen así. Dije que ya no quería matar al asesino de mi padre. Sólo deseaba olvidarlo. Pero tú eres mi amigo, no el asesino de mi padre; eres una persona muy distinta que merece toda mi confianza. ¿Quieres ser ayudante del segundo del capitán?

Mithrain lloró todavía más.

–Te admiro, Bergil –dijo–. Te admiro mucho más de lo que llegué a admirar a tu padre y te serviré fielmente durante toda mi vida. Creo que hoy es el día más feliz que he conocido en muchos años, Bergil. Muchas gracias. Ivië me ha escuchado. Le estaba diciendo que he hecho lo que se me ha ordenado desde que me alejé de Khúnmir y que ya no podía hacer más por obtener tu perdón, que no puedo reparar totalmente el mal causado, pero que ya no puedo hacer nada más. Me ha escuchado. Él siempre escucha.

Bergil le dio un abrazo, llorando como un niño. Ahora se daba cuenta de que Mithrain también lo quería. Llevaba años esperando ese momento y mientras él, Bergil, alimentaba el odio contra el asesino de su padre, Mithrain alimentaba el amor y los deseos de reconciliación.

CAPÍTULO VII

Bergil volvió a buscar a Arfanhuil, para decirle que ya había comunicado a Mithrain su decisión.

–Me alegra oír esas palabras, chico –dijo el sabio–. ¿Recuerdas que te dije que debías superar una prueba? Era ésta. La has superado, porque has sabido perdonar. Pocos saben perdonar, incluso en los reinos del pueblo de Ivië. Y has sabido obedecer, dejando las cosas tal y como Arthagêl y yo las habíamos preparado. Te felicito: ya te has convertido en un verdadero caballero de Ivië.

–Creía que se trataría de una prueba de fuerza o de capacidad en el combate.

–Todos lo piensan al principio. Pero esas cualidades te las proporcionará Ivië a través de tus armas cuando tengas necesidad de ellas. Las cualidades que se prueban en estos casos son superiores a las del combate, aunque para adquirirlas necesitas también, sin duda, ayuda de

Ivië. Lo único que hace falta para servirle es una gran disposición. Tú la tienes.

–De todos modos, ha sido una prueba muy dura. Nunca me habría imaginado que mi mejor amigo era aquél a quien yo había odiado durante tanto tiempo.

–Ahora debes quererlo todavía más. Ha sufrido mucho durante todos los años que te ha esperado. Yo, mientras tanto, te buscaba. Y buscaba también a Khúnmir. Teníamos indicios de que se encontraba en Khûn; por eso atacamos. Por otro lado, Khûn nos ha atacado muchas veces sin ningún motivo, intentando expulsarnos de estas tierras.

–¿Khûn ha pertenecido al pueblo de Ivië?

–No, es el reino más occidental de los que permanecen sometidos a Khúnmir desde el principio.

–Creo que empiezo a entenderlo. Pero, ¿cómo podrías reconocer a Khúnmir?

–Yo lo conozco. No tiene un aspecto concreto, pero, cuando lo veo, lo identifico. El día de la batalla pude sentir su presencia. ¿No te fijaste en que todos los soldados de Berlindon luchaban cansados?

–Sí, ¿era por Khúnmir?

–Exacto. Después se esfumó.

–¿Y por qué no seguimos buscando? ¿Por qué Arthagêl no continúa con su campaña militar?

–Porque ya lo hemos encontrado. El problema era saber dónde estaba para saber dónde ejerce su influencia. Ahora hay de nuevo doce caballeros de Ivië y Khúnmir intentará matar a uno, por lo menos.

–¿Por qué?

–Porque cuando las órdenes de Ivië están completas, los reinos del pueblo de Ivië crecen sobre los de Khúnmir. Creo que intentará matarte a ti, porque eres el más joven. Pero puedes estar tranquilo: con Mithrain a tu lado, no hay peligro. Y están también Arthagêl y Ciryan.

Bergil se quedó pensativo.

–Gracias, Arfanhuil –dijo después–. Ahora debo ir con mi capitán, partiremos pronto.

–Adiós, Bergil.

Bergil se reunió con su capitán y pronto se pusieron en marcha. Aunque el sol comenzaba a ocultarse, Arthagêl había decidido irse cuanto antes para pasar el menor tiempo posible en tierras enemigas. A la mañana siguiente estaban de nuevo en su querido país de Berlindon.

Las hermosas praderas verdes se extendían ante los soldados. A su derecha se extendían los montes que separaban Berlindon de Khûn. En cinco días habrían llegado a la capital, al palacio de Arthagêl, llamado Kemenluin, y de allí marcharían todos a sus hogares.

El ejército avanzaba abatido. Los soldados caminaban cabizbajos. Sufrían las pérdidas del ejército; todos habían perdido a alguien en la última batalla. Nadie prestaba atención a las hermosas cimas nevadas que dejaban atrás al atravesar la frontera meridional de Khûn. Los únicos que mostraban alegría en la última compañía de infantería eran Bergil y Mithrain, que, ahora, como segundo del capitán y su ayudante, iban montados al frente de los soldados.

–¿Qué ocurrió con aquel magnífico caballo que me había regalado mi padre? –preguntó Bergil a Mithrain.

–No lo sé –respondió, encogiéndose de hombros–. Cuando volví a buscarte era lo único que quedaba. Estaba allí, atado en la cuadra. Pensé en llevármelo, pero entonces aparecieron el príncipe Arthanûr y Talmir. Yo me escondí. Ellos pasaron la noche allí y por la mañana se llevaron el caballo. No supe nunca nada más.

Luego, los dos guardaron silencio durante mucho rato. Bergil contemplaba las altas montañas nevadas. Era ya mediodía y pronto harían un alto para comer. El sol calentaba con fuerza, pero el valle que atravesaban estaba bastante elevado y corría una brisa fresca muy agradable. Cuando, por fin, entraron en las tierras de Berlindon, los soldados se animaron. Se encontraban de nuevo en casa, en las tierras en las que sabían dónde se encontraban los refugios militares. A partir de aquella noche, dormirían bajo techo.

Al atardecer, habían dejado atrás la cordillera que servía de frontera entre Khûn y Berlindon, y cabalgaban hacia el sur a través de verdes llanuras.

Bergil lo miraba todo como si fuera la primera vez que estaba allí. De hecho, regresaba después de mucho tiempo, porque eran las tierras en las que había habitado antes de quedar huérfano. De pronto, cuando dejaron atrás una pequeña colina vio, a unos quinientos metros a la derecha del camino, un gran castillo en ruinas. Era el castillo de su padre, su antiguo hogar.

–Nadie lo ha habitado desde entonces –dijo Mithrain, cuando se dio cuenta de que Bergil estaba observando el castillo.

–¿Qué han hecho con todo lo que había dentro?

–El mobiliario y los objetos de valor fueron trasladados por orden de Arthagêl a un almacén y allí se guardaron.

Bergil comenzó a pensar en sus antiguos amigos. También ellos habían sufrido la muerte de Medgil. Se acordó de Arthanûr y de Talmir. Habían visitado a su padre el día anterior a su cumpleaños y él había estado hablando con ellos. Eran dos jóvenes soldados y ahora se habían convertido en caballeros de Ivië.

–Cuéntame algo de Talmir y de los hijos de Arthagêl. ¿Qué han estado haciendo todos estos años?

–No he podido saber mucho de su vida privada. Sólo sé que, poco después de tu desaparición, Talmir se convirtió en señor de una fortaleza que había sido restaurada en secreto. Después fue nombrado caballero de Ivië, no sé cómo. Arthanûr también es ahora caballero de Ivië y sigue siendo el heredero de Arthagêl, como ya sabes. Pero el primero en ser nombrado caballero fue Ciryan. Talmir y Arthanûr tardaron unos años, pero él fue nombrado caballero enseguida. Y debió de resultar extraño, porque en aquella época nadie podía ser soldado hasta cumplir dieciocho años. De hecho, Arthanûr y Talmir estaban en su primera misión militar cuando ocurrió todo. Y Ciryan, con catorce años, fue nombrado caballero de Ivië. Creo que por eso Arthagêl redujo la edad mínima de entrada en el ejército. Debió de entender que así lo deseaba Ivië.

Bergil escuchaba atentamente todo lo que le contaba Mithrain. La conversación duró hasta que divisaron las lindes de un bosque bastante oscuro. La tarde comenzaba a caer y el sol derramaba sus rayos sobre las copas de los robles que se extendían al sur.

–¡Mira! –dijo Mithrain–, en el otro extremo de aquel bosque se levanta la torre hacia la que vamos. Son los dominios de Talmir.

–¿Ah, sí? ¡Qué ganas tengo de volver a verlo!

–Él también se alegrará mucho de reencontrarte. Te quería mucho. Todos te queríamos mucho.

Bergil se quedó en silencio. Todos habían sufrido mucho por él y él nunca había pensado en eso. Se alegró de estar de vuelta y de poder reunirse con aquéllos que habían sido sus amigos.

CAPÍTULO VIII

La fortaleza era una antigua torre que pocos años antes había permanecido en ruinas, siendo esporádicamente un refugio de bandidos, hasta que Arthagêl decidió restaurarla y fortificarla con un muro y algunas construcciones añadidas. Talmir, el señor de la torre, era un caballero de Ivië de la misma edad que Arthanûr, el hijo mayor del rey. Talmir se había criado en Kemenluin, el palacio real, y por eso Bergil le conocía, como a Arthanûr y a Ciryan.

–¡Bergil! –exclamó Talmir cuando vio al chico–. Había perdido todas mis esperanzas de volver a verte. ¿Dónde has estado estos años?

–Es una historia larga, Talmir. No puedo contártela ahora, pero me alegro mucho de verte, amigo mío.

En aquel momento apareció Mithrain y la sorpresa de Talmir se duplicó, y también su alegría. Mithrain había sido para él como un padre. Lo había encontrado perdido en el bosque y lo había llevado al palacio de Arthagêl, donde fue recibido y educado junto a los hijos del rey. Nada sabía Talmir sobre el asesino de Medgil. Sólo había sabido que, al mismo tiempo que había muerto el general, habían desaparecido Bergil y Mithrain. Como casi todo el mundo, pensaba que el niño había sido raptado y que Mithrain se había retirado a un lugar secreto a llorar la muerte de su mejor amigo. De hecho, el padre de Talmir había hecho algo parecido hacía muchos años.

No tuvieron mucho tiempo de cambiar impresiones. Talmir tenía cientos de preguntas, pero Mithrain y Bergil estaban ocupados con la organización de su regimiento. Sólo estaban allí de paso y no tendrían tiempo libre hasta que hubiera terminado la guerra.

–Te haré una visita lo antes que pueda –prometió Bergil.

–Está bien –repuso éste–. Te esperaré ansioso. No soy capaz de imaginar una razón que me explique cómo un muchacho y un general desaparecen durante tantos años y reaparecen luego como caballero de Ivië uno y su ayudante el otro.

Bergil y Mithrain se pusieron a trabajar inmediatamente en la organización de sus tropas. Distribuyeron a todos los soldados una cena ligera, pero mucho más abundante que las que habían tomado durante todos los días de aquella semana.

Tras la cena se concedió a los soldados una hora de tiempo libre. Después debían ir todos a dormir, para reponer fuerzas. Al día siguiente tenían que avanzar a la mayor velocidad posible. De todos modos, casi todos los soldados decidieron aprovechar aquella hora para entregarse al descanso, pues estaban agotados después de tantos días de viajes y batallas.

Bergil había pensado pasar unos minutos con Talmir, pero enseguida fue llamado ante el rey. Se dirigió allí inmediatamente y encontró a Ciryan, a Arthagêl, a Talmir y a Arfanhuil. Sobre una camilla había un hombre vestido con ropas de viaje. Tenía una flecha clavada en el hombro izquierdo. Arthagêl y Ciryan estaban mirando por la ventana. Talmir se paseaba por la estancia y Arfanhuil estaba sentado en un sillón de madera, apoyando su frente en las palmas de las manos.

–Buenas noches, Bergil –dijo Arthagêl con aire despreocupado cuando el muchacho entró–. Acaba de llegar uno de nuestros espías. Ha sido alcanzado por una avanzadilla del ejército enemigo, pero ha podido escapar. Parece que Khûn no se deja vencer. Ha negociado la paz en otros frentes para poder desplazar más soldados contra nosotros. Si no, sería imposible que apareciera ahora con cuatro mil soldados. Nos vuelven a superar en número. ¡Ah! Aquí está el médico. Llévate a este hombre y trátalo con todos los honores; es posible que esta noche nos haya salvado la vida a todos.

Cuando el médico se fue, Arthagêl se puso más serio.

–Bien, chico –dijo–. Parece claro que Khúnmir está detrás de todo esto. Ha intentado copiar a los caballeros de Ivië. El espía nos ha dicho que tienen doce caballeros con armaduras poderosas y que montan en caballos negros. Tienen el rostro cubierto por un gran yelmo y sus espadas desprenden sombra.

–Quiere matarme, ¿verdad?

–Me temo que sí. Pero no debes asustarte. Ivië es más poderoso que Khúnmir y te protege. Además, hemos llamado a todos los caballeros de Ivië para enfrentarnos a Khúnmir. Esperemos que no muera nadie. Ahora, lo mejor es que tú seas prudente en el combate. Esta noche tendremos que luchar. Los caballeros lucharemos agrupados.

–¿Has hablado con mi capitán?

–No te preocupes. He mandado un mensajero antes de que llegaras.

–Gracias. Me gustaría que Mithrain luchara conmigo. Lo mandaré llamar.

–Estoy de acuerdo. Mithrain puede sernos de gran ayuda. Pero debes ser consciente de que lo estás poniendo en un grave peligro.

–Tienes toda la razón. Le daré la opción de luchar junto con los soldados. Allí servirá igualmente bien a nuestro ejército.

Bergil abandonó la estancia y regresó a los pocos minutos con Mithrain, que había aceptado agradecido lo que consideraba el gran honor de luchar junto a los caballeros de Ivië.

La noche transcurría lentamente. Los caballeros tardaban en llegar. Al fin llegó Aradan, de la Orden del Caballo de Plata; era el primero a quien había conocido Arthagêl. Tenía la misma edad que el rey y en su armadura y su escudo brillaba un hermoso caballo plateado, levantado sobre las patas traseras, con los mismos ojos que las águilas doradas. Había llevado a cabo verdaderas hazañas junto al rey. Ya era célebre en Berlindon la historia de cómo Arthagêl, Aradan, Mithrain, Melduin, Medgil y Baldar –el padre de Talmir– habían entrado a escondidas en el palacio del rey del país del sur de Berlindon y habían recuperado un amuleto de la antigua reina, la madre de Arthagêl. Aquello había sido antes de que Arthagêl fuera rey, incluso antes de que Berlindon se llamara así.

Era ya medianoche cuando llegó Aradan. De pronto sonó un cuerno de alarma. El enemigo se acercaba. Los cinco caballeros, Mithrain y Arfanhuil se asomaron a un ventanal de la torre del rey y desde allí vieron las antorchas de los cuatro mil soldados que se acercaban. Los generales estaban dirigiendo la defensa. Cuando las tropas de Khûn estuvieron cerca, los soldados de Arthagêl descargaron una lluvia de flechas sobre el enemigo. Como era de noche, los atacantes no vieron los proyectiles y muchos cayeron muertos o heridos. Después, los arqueros dispararon de nuevo, esta vez prendiendo fuego a las puntas de las flechas. Finalmente, se lanzaron a la lucha cuerpo a cuerpo. La organización volvía a ser una ventaja para los hombres de Arthagêl.

79

Después de un rápido ataque en el que consiguieron hacer retroceder al enemigo, se encerraron de nuevo en la fortaleza.

Khûn volvió entonces a la carga. Los arqueros de Arthagêl disparaban sus flechas desde los muros, pero pronto dejaron de hacerlo, porque la mayoría acababa rebotando contra los escudos con que los soldados se cubrían, o iban al suelo. Cientos de escaleras de cuerda se colgaron entonces de las almenas de los muros y los soldados defensores tuvieron que dedicarse a cortar las cuerdas. Sin embargo, unos cuantos consiguieron trepar hasta arriba, aunque luego fueron expulsados.

Más tarde, el ejército de Khûn empleó un ariete que había fabricado en pocas horas y lo descargó tres veces contra la puerta. La mayoría de los hombres de Arthagêl esperaba al otro lado, dispuesto a impedir la entrada de cualquier enemigo en la fortaleza. Después de unos cuantos golpes, la puerta, a pesar de estar bien construida y reforzada, comenzó a resquebrajarse. Poco después cedió.

–Ha llegado su momento –dijo Arfanhuil a los caballeros–. Deben luchar sin los caballeros que faltan.

–Tampoco se han presentado los caballeros de Khúnmir, por el momento –dijo Arthagêl–. Pero no podemos esperar a que lleguen y desequilibren la batalla. Somos nosotros quienes debemos adelantarnos. ¡Adelante!

Los seis guerreros bajaron de la torre y montaron en sus caballos. Salieron de las caballerizas con las espadas brillantes desenvainadas. Encontraron la batalla en un momento crucial. Algunos enemigos habían logrado cruzar las puertas y luchaban ya en el primer patio interior de la fortaleza. Y algunos soldados de Arthagêl se habían aventurado a introducirse entre las filas enemigas.

La intervención de los caballeros desequilibró la batalla. Los enemigos que los veían llegar se echaban al suelo, aterrorizados. Los que no los veían caían bajo una de las seis espadas. Pronto, los enemigos comenzaron a batirse en retirada.

–¡Soldados de Arthagêl! –gritó entonces el rey–. ¡Vuelvan a la fortaleza! ¡Si nos dispersamos, seremos derrotados! ¡Vuelvan a la fortaleza!

Algunos soldados que habían intentado impedir la fuga se dieron la vuelta y regresaron. Más tarde, Arthagêl ordenó a sus soldados que se prepararan para salir ordenadamente al encuentro del enemigo. Aradan y Talmir sustituyeron a dos generales, que se convirtieron para esta batalla en capitanes, y los demás oficiales bajaron también un grado. El rey ordenó a Bergil que luchara a su lado y Mithrain se mantuvo junto al joven caballero. De pronto, cuando estaban a punto de abandonar de nuevo la fortaleza, les llegó el sonido de unas trompetas, pero no procedía de donde estaba el enemigo, sino del lago. Un mensajero se acercó a galope tendido al lugar donde estaba Arthagêl.

–¡Majestad! –dijo–. ¡Se acercan cinco barcos con la bandera de Leberd. Se habrán acercado por el río!

–¿Cómo son esos barcos?

–No los había visto nunca, señor. Son grandes, aunque suficientemente ligeros como para poder avanzar por el río. Deben de transportar a unos doscientos hombres cada uno.

–Bien. Gracias, mensajero. Transmite la información a Arfanhuil, mi consejero. ¡Bergil! Buenas noticias. Han llegado Danael y Danhuir. Son dos hermanos que pertenecen a la Orden del Caballo de Plata y a la del Árbol Real. Traen, además, unos mil hombres con ellos.

–¿Dónde están los caballeros que faltan? Ahora sólo somos la mitad.

–Falta Arthanûr, mi hijo mayor, que puede llegar de un momento a otro. Y faltan otros cuatro caballeros que no creo que lleguen antes de mañana. De todos modos, ahora intentaré retrasar la batalla hasta el amanecer. Con la llegada de Danael y Danhuir, quizás acepten negociar.

–Puede que les impresione ver a siete caballeros juntos –dijo Bergil, intentando ser útil a su rey y compañero.

–Sí, lo he pensado. Avanzaremos juntos con la bandera blanca y negociaremos.

Así lo hicieron. Poco después, siete caballeros de Ivië montados en sus majestuosos caballos y Arfanhuil avanzaban a lo largo del camino hacia el lugar donde estaba el ejército enemigo. Un mensajero se desmarcó entonces de las filas enemigas y se acercó hasta ellos. Arthagêl dijo:

–¡Di a tu rey o a quien esté al frente de todos ustedes que deseamos hablar con él para negociar la rendición!

–¡Está bien, así se hará!

El mensajero se dio la vuelta y volvió con los suyos. En unos minutos vieron acercarse a unos diez hombres montados a caballo. Uno era el rey enemigo, que había huido días antes de la batalla; era un hombre de mediana edad, ya maduro. Sus ojos negros miraban a los demás con desprecio y llevaba una gran armadura para intentar aparentar corpulencia. Los otros parecían soldados de cierto rango. Pero no había ni rastro de los caballeros de Khúnmir.

–¿Qué quieres? –preguntó Arthagêl.

–¿Qué queremos a cambio de qué? –repuso el otro.

–No han venido a atacarnos por placer, sino porque quieren algo de nosotros, supongo –replicó Arthagêl con sarcasmo.

–¡Ah! –replicó el otro, haciéndose el inocente–. Queremos tus tierras y a tus hombres como esclavos.

–¿Por qué?

–Mi reino es superior al tuyo y ustedes son unos engreídos que se han establecido en las mejores tierras de la zona sin merecerlo.

–Mi padre me dejó mi reino y a él se lo dejó su padre, y ha pertenecido a mi familia durante muchas generaciones. ¿Cómo te atreves a decir que nos hemos establecido aquí sin merecerlo?

–Tus antepasados usurparon estas tierras a los míos. Por lo tanto, me pertenecen.

–Mi consejero, Arfanhuil, sabe lo que pasó. No encontrarás un hombre más sabio ni más viejo que él.

Escucha lo que te contará acerca de cómo mis antepasados se establecieron en estas tierras.

Arfanhuil dijo entonces:

–Los antepasados de Arthagêl, señor de estas tierras, llegaron del oeste. Eran extranjeros que ayudaron a tu reino a sobrevivir a los ataques de otros reinos mucho mayores de lo que puede llegar a ser el tuyo. El reino de tus antepasados tenía la mitad de extensión del que ahora tienes tú. Y tu reino creció gracias a los antepasados de Arthagêl. Tus antepasados dieron a los de Arthagêl unas tierras para que pudieran sobrevivir, como agradecimiento por su ayuda. Pero aquellas tierras eran las peores de todo el reino, las que nadie deseaba. Desde entonces, los antepasados de Arthagêl trabajaron mucho para mejorarlas. Después, tus antepasados olvidaron esta parte de la historia, o quisieron ignorarla, y pretendieron afirmar que sus vecinos habían usurpado las mejores tierras del reino. En realidad, son las mejores tierras de la zona, pero gracias a quienes ahora son sus habitantes y a sus antepasados, no lo olvides.

–Eso es falso. Si no me devuelves mis tierras, te aplastaré –la réplica sonó como un chillido rabioso, no como una amenaza, que era lo que pretendía el rey enemigo.

–Tus antepasados lo han intentado bastantes veces desde hace unos trescientos años –respondió Arthagêl– y nunca lo han conseguido. ¿Qué te hace pensar que tienes alguna posibilidad de lograrlo?

–Mi reino ha sido siempre centro de atención. Ha sido atacado por los reinos que lo rodean, todos más pequeños, como el tuyo. Pero ahora he negociado una paz provisional con la mayoría de ellos y dispongo de fuerzas suficientes como para luchar con todas tus ciudades al mismo tiempo.

–¿Cuántos hombres crees que te hacen falta para conseguir que uno entre en una de mis ciudades? –exclamó entonces Arthagêl adoptando un tono amenazante–. Necesitarías muchos, o muchos menos, si tuvieras buenas intenciones. Además, según la información que me ha llegado, tienes aquí unos cuatro mil hombres, mientras que yo cuento con unos cinco mil, mejor armados y mejor organizados que los tuyos. No tendrás ni un palmo de mis tierras; mi familia las defenderá siempre y mi reino sobrevivirá muchos años y, cuando tu reino haya desaparecido, el mío tendrá el máximo esplendor. ¿Me has oído? ¡Ten cuidado!

El rey enemigo conservó la calma, aunque sus ojos delataban que estaba al borde de un ataque de nervios. Sólo hacía unas cuantas horas que había recibido un ejército de cinco mil soldados que acababa de rendirse en la lucha por unos pequeños territorios. Evidentemente, no esperaba que su enemigo tuviera información precisa sobre las fuerzas de que disponía.

–¿Así hablas al descendiente de quien dio a tus antepasados unas tierras para vivir? ¿Debo tomarlo como una amenaza?

–Tómalo como quieras –dijo Arthagêl–. Te hago una propuesta: te daré cinco cofres llenos de oro si mañana por la mañana has retirado todo tu ejército. Si no lo haces, todos tus hombres sufrirán mi ataque. Piénsalo. Cuando lo hayas decidido, manda un mensajero. Si no lo envías, lo consideraré como una negativa.

Tras estas palabras, Arthagêl hizo un gesto a sus compañeros y se marchó, dando la espalda a su enemigo. El enemigo no dijo nada y se marchó con los suyos.

CAPÍTULO IX

–¿Aceptarán? –preguntó Bergil al rey cuando el ejército estuvo de nuevo en la fortaleza.

–No aceptarán –respondió Arthagêl– y me temo que no esperarán a la mañana para presentar batalla.

–El rey enemigo –intervino Arfanhuil– se ha sorprendido de mis palabras y las ha creído, aunque ha dicho que eran falsas. Creo que este ataque no ha sido iniciativa suya, Bergil. Alguien tiene interés en que nuestro reino participe en una guerra.

–¿Los caballeros de Khúnmir? –intentó adivinar el muchacho.

–Es posible..., quizás el propio Khúnmir.

Siguieron conversando y ya amanecía cuando escucharon el sonido de un cuerno de guerra que daba la alarma. El cielo estaba cubierto de nubes oscuras. Todavía no había llegado ninguno de los caballeros que faltaban.

El rey se asomó a la ventana de su torre y vio un inmenso ejército que se acercaba hacia ellos.

–Vienen a parlamentar –dijo–. Pero no podemos dejar que se acerquen todos a la fortaleza.

Inmediatamente se dirigió a su caballo, seguido por los otros caballeros y por Arfanhuil. Hizo llamar a los mil hombres de Danael y Danhuir, y se dirigieron al encuentro del enemigo.

–¡Alto! –gritó el rey enemigo a todo su ejército cuando Arthagêl estuvo cerca.

–¿Has tomado una decisión? –dijo Arthagêl, sin preámbulos.

–No. He decidido presentarte a unos amigos.

Se acercaron dos hombres montados en grandes caballos negros y con armaduras iguales que las de los caballeros de Ivïë, aunque de color negro y sin ninguna insignia. Llevaban los rostros cubiertos.

–Éstos son –dijo el rey– dos nuevos soldados que se han incorporado a nuestro ejército. Ellos no luchan solamente con su fuerza, sino que tienen la ayuda del ser más poderoso de la Tierra, que no es un hombre, sino un espíritu. Nadie es capaz de vencerlos. Estaban presentes en la última batalla que libramos. Ellos hicieron que tus hombres se cansaran mientras los míos recuperaban fuerzas. Tuvieron suerte, porque decidieron no luchar. Esta vez lucharán y no tendrán ninguna posibilidad.

Arthagêl no contestó. Se quedó mirando con cierto desprecio a los dos caballeros de Khúnmir.

–Les haré una propuesta –dijo el rey enemigo–. No los atacaré si me entregas esos cinco cofres repletos de oro y me juras tu fidelidad y la de todos tus descendientes para siempre.

–Te has equivocado –se limitó a responder Arthagêl.

–¿En qué?

–Yo no sirvo a nadie más que a mis súbditos, intentando que vivan lo mejor posible. No son ellos los que me sirven a mí. Tú, en cambio, quieres a los súbditos para que te sirvan y les das lo mínimo para que puedan continuar sirviéndote. Por eso tu reino se hundirá y el mío prosperará. Tu propuesta es absurda y no la aceptaría ni aunque la hubieras hecho de buena fe.

Acto seguido, se dio la vuelta y volvió junto a sus hombres.

El rey enemigo y los dos caballeros de Khúnmir que lo acompañaban volvieron también a sus posiciones y comenzaron a dar órdenes para comenzar la batalla. Los defensores se retiraron a su fortaleza y todos los arqueros se apostaron en las almenas de la muralla. En aquel momento, un jinete surgió de los bosques del norte y se acercó al galope hasta la puerta del castillo. Era Arthanûr, el mayor de los hijos de Arthagêl, que llegaba con retraso. Arthanûr era caballero de la Orden del Águila Dorada, como su padre. Era también general del ejército de Berlindon, aunque se trataba de la primera gran batalla en la que se veía involucrado. Sin embargo, había demostrado sus cualidades en alguna pequeña triful-ca defendiendo Berlindon de pequeñas incursiones de alguno de los reinos vecinos. Sus hombres no podrían llegar, sin embargo, antes de comenzar la batalla.

—Bienvenido, hijo mío —dijo Arthagêl—. Lamento recibirte en momentos tan difíciles, pero me alegra poder contar con tu ayuda en esta peligrosa batalla.

—Yo me siento orgulloso y feliz de poder ayudarte, padre —respondió el mayor de los príncipes—. Me he adelantado porque sabíamos que la llamada era urgente; a lo largo del día llegará todo mi ejército. Sólo cuento con mil hombres, pero todos de una valentía excepcional. ¡Bergil! —exclamó de pronto cuando vio al muchacho—. ¡Qué sorpresa! ¡Feliz encuentro en horas tan difíciles!

—También está Mithrain —replicó el joven—. Hemos reaparecido los dos.

No pudieron seguir hablando. Miles de hombres estaban llegando por el camino y la puerta no podría resistir demasiado tiempo porque había sido reparada apresuradamente. Los enemigos llevaban enormes escaleras que los defensores se afanaban en apartar de las almenas de la muralla, pero los atacantes eran demasiado numerosos y saltaban intrépidamente por encima de la muralla. El patio interior de la fortaleza pronto se llenó de intrusos. La puerta ya había caído. Esta vez, los caballeros de Ivië lucharon desde el principio, pero alguna fuerza desconocida levantaba la moral del ejército de Khûn. Los atacantes caían a decenas a los pies de los caballeros, pero la superioridad de su ejército era suficiente para que las bajas no menguaran la fuerza de su ataque. Bergil nunca había visto nada igual. Los arqueros de Arthagêl no dejaban de disparar flechas desde diversos puntos elevados sobre los enemigos. Éstos iban cayendo, pero cada vez llegaban más. Las bajas del ejército defensor eran pocas, porque se defendían con valor y con fuerza, aunque cada pérdida era una desgracia para Berlindon; el ejército iba menguando lentamente. Gracias a los caballeros, la batalla era igualada. Cuando se acabaron las flechas de los arqueros, éstos desenvainaron sus espadas y se lanzaron al ataque. Cien hombres más fueron una gran ayuda para la defensa del patio interior y consiguieron echar a la mitad de los dos mil atacantes que habían logrado traspasar los muros. Los demás habían muerto o, en la mayoría de los casos, se habían entregado a Arthagêl.

Los ocho caballeros se colocaron entonces en el arco de la gran puerta derruida, uno al lado del otro y, detrás, los soldados que hasta entonces habían luchado en el patio interior, que eran casi todos. Quienes habían salido a luchar en las cercanías de las murallas volvían como podían a la llamada del cuerno de Arthagêl. El enemigo se alejaba de nuevo para intentar reorganizarse y desapareció otra vez entre los árboles más cercanos del bosque.

–¿Dónde están tus hombres? –preguntó el rey a su hijo.

–No lo sé –respondió Arthanûr–; no creo que tarden mucho. Si encuentran el paso cerrado, nos enviarán un mensajero que sea capaz de atravesar con facilidad las líneas enemigas y nos avisarán.

–Bien. Aguantaremos hasta que lleguen –ordenó Arthagêl–. Mientras tanto, que refuercen las puertas del castillo. Si tardan mucho nos encerraremos en la fortaleza. Tenemos provisiones para alimentar a nuestro ejército durante muchos meses.

CAPÍTULO X

Las órdenes de Arthagêl fueron cumplidas sin tardanza. Aquel día no hubo más batallas, aunque sí detuvieron a algún pequeño grupo de enemigos que intentaba atacar de improviso para debilitar la defensa. Luego cesaron también estas pequeñas incursiones. Bergil sintió que una gota de lluvia le caía en la mano, luego otra en la cabeza; después estalló una fuerte tormenta. Todos los soldados, excepto los que estaban de guardia, se refugiaron en el castillo, aunque preparados para lanzarse a defender los muros de la fortaleza si era necesario.

Llegó la noche y la guardia fue relevada, pero el enemigo no daba señales de vida. Unas horas después de caer el sol llegó por fin el ejército del príncipe Arthanûr: unos mil hombres bien armados. El capitán se presentó ante el rey.

—Majestad –dijo–, es un honor para mí poder presentarme ante usted. Pido perdón por el retraso, pero debe saber que ayer nuestros exploradores descubrieron un gran ejército que se abalanzaba sobre nuestra posición. Eran unos diez mil hombres y nos vimos obligados a apartarnos del camino. Nos escondimos en las cuevas secretas. Cuando llegaron a nuestra altura, caímos por sorpresa sobre un grupo rezagado y capturamos a unos cien prisioneros. No han querido hablar; tienen miedo.

—¿Han apresado a algún oficial? –preguntó Arthagêl.

—Sí, señor. Apresamos a dos capitanes.

—Bien, quiero que sean atendidos como huéspedes, no como prisioneros. Gracias, capitán, puedes retirarte.

—Gracias a usted, majestad.

Cuando el capitán se marchó de la sala en la que estaban reunidos los ocho caballeros de Ivië, Arfanhuil y Mithrain, el rey se levantó y dijo:

—Amigos míos, son momentos difíciles. Nuestro enemigo se retira, pero no vuelve al norte, va hacia el sur. ¿Qué debemos hacer?

—Al sur está la capital de nuestro reino, quieren atacarla –dijo el príncipe Arthanûr, alterado.

—Debemos abandonar el castillo y perseguirlos –dijo Aradan.

—Así no los alcanzaremos nunca –replicó Danael–. Hay que buscar otra solución.

—Deberíamos avisar a los que han quedado en la ciudad para que se preparen para resistir el ataque –dijo Arthanûr.

–Pero en la ciudad hay ahora muy pocos capaces de luchar –objetó Danhuir–; es imposible que aguanten.

–Quizás no –intervino Talmir–. Kemenluin es un castillo muy bien construido. Al estar elevado sobre la colina, es difícil que muchos hombres puedan atacarlo al mismo tiempo. Y nuestros soldados son valientes, porque aman a su rey. Quizás resistan.

–Recuerda, Talmir –replicó Danhuir–, de dónde proviene el valor que los nuestros muestran en los momentos más difíciles de cada batalla. Provienen de las armas de Iviё. Ahora no queda ningún caballero en Kemenluin.

–¿Y si fuera allí algún caballero? –dijo Bergil, aprovechando unos segundos de silencio.

–¿Cómo dices? –preguntó Aradan, que no entendía qué quería decir el muchacho.

–Si lo que hace falta para resistir es la presencia de un caballero –se explicó Bergil–, entonces es necesario que los caballeros vayan allí.

–Ciryan, ¿tú qué crees? –preguntó Arthagêl.

–Me parece una buena idea, pero no podemos dejar el ejército que tenemos aquí sin mando. Aquí también hacen falta caballeros que dirijan el grueso de nuestras fuerzas.

–¿Cuántos caballeros pueden enviarse a Kemenluin? –preguntó Arthanûr.

–No demasiados –dijo el rey, pensativo.

–Pero la fuerza de Iviё es muy poderosa. Quizás con un caballero bastaría para defender Kemenluin durante el tiempo suficiente.

Todos guardaron silencio. El que había pronunciado estas últimas palabras era Arfanhuil. Veía que el pesimismo se había adueñado de los caballeros, que estaban discutiendo una solución sin estar convencidos de que pudieran lograr nada. El tono con que lo dijo fue extraño, entre optimista y enfadado. La palabra *quizás* parecía significar, más bien: «levanten el ánimo, que hasta ahora no hemos perdido ninguna batalla en esta guerra. Son fuertes, por la fuerza de Ivië, y no pueden rendirse ante una agudeza del enemigo». Todos percibieron este tono en las palabras de Arfanhuil y se quedaron pensativos, debatiéndose entre el desánimo y el coraje que el sabio de los sabios intentaba transmitirles.

El primero en reaccionar fue Bergil.

—Majestad —dijo, intentando aparentar serenidad, aunque sin conseguirlo—, pido permiso para partir... esta misma noche... hacia Kemenluin, para transmitir la orden de que se preparen para la batalla.

—¿Alguien tiene algo que objetar? —repuso el rey, como si el joven hubiera dicho algo sin importancia.

Nadie dijo nada.

—Muy bien. Te nombro capitán del ejército de Berlindon. Partirás esta misma noche. Piensa que el viaje será duro. El enemigo puede haber previsto una reacción de esta clase y estará vigilando los caminos.

—Que vaya en un barco —propuso Arthanûr— con todos los soldados que puedan caber en él.

—De acuerdo —dijo el rey.

Se levantó entonces Ciryan y dio por terminado el consejo. Arthagêl ordenó que se hicieran todos los preparativos.

Por la noche, Bergil embarcaba acompañado por Mithrain al mando de cien soldados, todos en las mejores condiciones que las circunstancias permitían. El barco zarpó sin demora y navegó toda la noche. Por la mañana divisaron el puerto donde tenían que desembarcar. Todo marchaba perfectamente. Al mediodía desembarcaron.

El puerto estaba situado en un pequeño pueblo pesquero y los ciudadanos que no habían partido para luchar habían seguido trabajando. Todos se quedaron asombrados y recibieron con júbilo al ejército que llegaba.

—No lo entiendo —dijo Mithrain—. Otras veces que hemos desembarcado aquí la alegría del pueblo no ha sido tan grande. Aquí ha pasado algo.

El gobernador no estaba allí, porque había partido a la guerra; en su lugar gobernaba un anciano a quien todos los habitantes del poblado tenían por sabio. El anciano los informó de que un mensajero había llegado el día anterior con la noticia de que el ejército de Arthagêl había sido destruido y que los enemigos avanzaban hacia Kemenluin.

—Ahora nos damos cuenta de que no era cierto. No podíamos creer que Arthagêl hubiera sido derrotado.

—Lo que les han dicho no es del todo falso —repuso Bergil, muy seriamente.

—¿Cómo? —dijo el anciano, asustado—. ¿Arthagêl ha muerto?

–No, Arthagêl está bien y su ejército permanece imbatido. Pero sí es cierto que el enemigo avanza hacia la capital. El ejército está en el castillo de Landuin, pero no podíamos trasladar a todos los hombres en barco. Nosotros hemos sido enviados a Kemenluin para reforzar la ciudad hasta que el ejército llegue en nuestra ayuda. ¿Dónde vio el mensajero a los soldados enemigos?

–Venían por el norte. Ahora deben de estar a nuestra altura, un poco más hacia el este.

–Muy bien. Partiremos inmediatamente.

El pequeño ejército se puso de nuevo en marcha, con Bergil y Mithrain a la cabeza. Algunos de los ciudadanos los observaban desanimados. Las noticias que habían traído habían llegado a los oídos de los habitantes del pueblo.

–Hay espías –dijo Mithrain, apenas salieron del poblado.

–¿Cómo lo sabes? –preguntó Bergil.

–He visto a tres o cuatro hombres jóvenes entre la muchedumbre. Estaban en condiciones de luchar y no celebraban nuestra llegada. He hablado con uno y he notado que estaba nervioso.

–Capitán –dijo un soldado, desmarcándose del grupo para acercarse al lugar donde estaba Bergil–. Cuatro hombres galopan hacia el este. Podrían ser espías.

–Tienes razón, Mithrain –dijo Bergil, muy alterado–. ¿Qué hacemos?

–Debemos darnos prisa.

CAPÍTULO XI

Iniciaron el galope todos a la vez. Afortunadamente, era un pequeño grupo, en comparación con el enorme ejército que se dirigía a Kemenluin para atacar el castillo, y podrían avanzar con mayor velocidad. A media tarde llegaron al camino principal, después de haber atravesado durante algunas horas un sendero tortuoso que los había obligado a alargar las filas. Ahora avanzaban agrupados en cuatro filas de caballos y no ocupaban más de cuarenta metros del camino.

A lo largo del día, algunas nubes habían ido cubriendo el cielo.

No habían avanzado más que unos cuantos kilómetros por el camino principal, cuando el cielo se nubló y el sol comenzó a ponerse.

–Todavía nos quedan tres días de camino –observó Mithrain.

Bergil no respondió. Estaba preocupado. Ahora dudaba de que estuvieran marchando por delante del enemigo y tenía miedo de llegar al castillo y encontrarlo destruido. Decidió no detenerse aquella noche y seguir cabalgando al paso. Al principio de la noche, parecía que las nubes se disipaban un poco y la luna alumbró durante unos minutos la llanura por la que avanzaban. No se veía a nadie cerca del camino, lo que tranquilizó al joven capitán.

Después, las nubes cubrieron de nuevo la luna y todo quedó a oscuras. Bergil decidió detenerse.

–Pararemos aquí mismo –dijo–. No montaremos las tiendas de campaña. Partiremos al salir el sol y no nos detendremos para comer. Comeremos mientras cabalgamos.

Las órdenes fueron transmitidas a toda la tropa. Mithrain tenía los ojos clavados en la oscuridad. Todos los soldados se echaron en el suelo a dormir mientras él permanecía sentado, mirando hacia el sur, en la dirección que seguía el camino hacia Kemenluin. Bergil se sentó a su lado y le preguntó:

–¿En qué piensas?

Mithrain no respondió. Sólo le dio unas palmadas en la espalda y permaneció en silencio. Pasado un rato dijo, en un susurro:

–Mañana tendremos sorpresas. Debemos levantarnos antes de que salga el sol.

Por la mañana, cuando la oscuridad comenzaba a retroceder ante la llegada del sol, Bergil se levantó y vio a

Mithrain mirando de nuevo hacia el sur. Todavía no se podía ver demasiado, pero era posible distinguir las formas del camino.

–Bergil –susurró Mithrain.

–¿Qué pasa?

–Allí hay una columna de humo. ¿La ves?

Bergil esforzó la vista y por fin logró distinguir el humo que se elevaba hacia el cielo, un poco más al sur de donde estaban ellos.

–¿Son enemigos? –dijo Bergil, muy alterado.

–Sí –replicó Mithrain.

–¡Nos han adelantado! –exclamó Bergil, desesperado–. ¿Qué crees que debemos hacer?

–No se trata del grueso del ejército enemigo –dijo conservando la calma–, sino sólo de una pequeña avanzadilla. Si fuera todo el ejército, habría unas quince columnas de humo, no una.

–Entonces, ¿qué? ¿Atacamos?

–No. Todavía no sabemos cuántos son. Primero debemos evitar que nos vean y explorar el terreno.

–De acuerdo. Escondámonos entre las rocas.

Hicieron despertar a toda la tropa y condujeron a los caballos fuera del camino. La pradera verde era un valle entre dos colinas muy rocosas y estaba salpicada de rocas de tamaños muy variados. Aquellas dos colinas habían servido de cantera siglos atrás, cuando se construyó la ciudad que rodeaba al palacio de Kemenluin. Los restos habían quedado en aquel valle. Algunas de las rocas eran tan grandes que podían ocultar a dos hombres con sus caballos. Cuando el sol estuvo más alto en el firmamento y la luz se hizo más clara, los soldados del campamento de Khûn no vieron nada distinto al día anterior, aunque la llanura estaba absolutamente llena de enemigos escondidos, esperando las órdenes de su capitán.

Bergil y Mithrain eran los que estaban más cerca del recinto del campamento. Aun así, había mucha distancia para que pudieran descubrir algo desde la misma altura.

–Mithrain, ¿qué te parece si nos acercamos a explorar?

–Buena idea. Quizás haya alguna manera de pasar.

Se arrastraron de una roca a otra y pronto estuvieron a una distancia desde la que podían ver las tiendas de campaña de los enemigos. Sin embargo, desde la altura a la que se encontraban no podían saber si había vigilantes o no. Aquél era el lugar donde el valle se estrechaba más, de modo que sólo quedaban unos cincuenta metros a uno y otro lado del campamento. Mithrain trepó un poco por la ladera de la colina, siempre arrastrándose de una roca a otra para que no pudieran descubrirlo. Cuando alcanzó una cierta altura, examinó el campamento enemigo y regresó junto a Bergil, que le esperaba abajo.

–No hay vigilantes. Los soldados están ociosos. Debe de haber un ejército cuatro veces más grande que el nuestro, pero no parece que estén sobre aviso.

–¿Y los espías que nos descubrieron?

–Seguramente fueron a informar a su rey. Supongo que no tardará en llegar un mensajero dando la alarma de que, tarde o temprano, tenemos que pasar por aquí.

–Entonces hemos de intentarlo cuanto antes. Esta misma noche.

–Sí. Podríamos dividirnos en dos grupos y pasar uno por cada lado.

–Perfecto. Ahora tenemos que transmitir las órdenes a todos para que estén preparados al anochecer. Será costoso, porque están desperdigados por toda la pradera.

Tardaron unas dos horas en conseguir que los soldados supieran lo que debían hacer. Después, Mithrain pasó el día al lado de Bergil, conversando en voz baja. El veterano soldado intentaba calmar los nervios del muchacho.

–Será difícil pasar desapercibidos.

–No creas. Si no vigilan, lo único que necesitamos es pasar en silencio. En cualquier caso, si no nos descubren antes de que hayamos recorrido una cuarta parte de la distancia, no podrán atraparnos.

Bergil no respondió. Daba la razón a Mithrain, pero estaba preocupado.

–Mithrain, tengo miedo –dijo después de unos segundos de silencio.

–No me extraña. Cuando se corre tanto riesgo, es normal tener miedo. El miedo sólo es malo si te hace retroceder. De hecho, si no te frena en el cumplimiento de tu deber, no es miedo, sino prudencia. Eres joven, Bergil, pero tienes dotes para la guerra.

–¿Siempre has tenido miedo cuando entras en combate, o antes de una acción tan peligrosa?

–Sí, siempre –replicó Mithrain, escuetamente.

–¿Y no te cansas de esto?

–Aprendí a sentir la satisfacción de haber cumplido con éxito un servicio a Berlindon y al rey Arthagêl. Además, ha habido un tiempo en que necesitaba hacer estas cosas para compensar la pérdida que causé a Berlindon, cuando eliminé a uno de sus generales. Ése ha sido uno de los mayores tormentos que he sufrido en estos años. La conciencia de haber causado un mal irreparable no me abandonará nunca.

–Pero ahora estás redimido de tu culpa. Yo te he perdonado y Arthagêl también, en nombre de Berlindon.

–Sí, pero el mal no está reparado. Siempre sentiré la necesidad apremiante de servir con todas mis fuerzas a Berlindon, al rey Arthagêl y también a ti.

Bergil se quedó en silencio. No había pensado en el asunto desde aquel punto de vista. De hecho, había evitado toda reflexión sobre aquel tema durante ocho años y se sorprendía de la tranquilidad con que Mithrain hablaba del asunto. Lo tenía completamente asumido, aunque nunca había dejado de dolerse de su crimen. Era como una lesión profunda, incurable, que arrastraría toda su vida. Pero Mithrain soportaba con dignidad esa herida en su alma y la aceptaba, como un castigo demasiado leve para el crimen que había cometido.

Al atardecer, todo estaba preparado. Los soldados de Berlindon se habían colocado a menos de doscientos metros del campamento enemigo. Mithrain estaba en el lugar que le correspondía. La manera más fácil de pasar era mantenerse en los puntos más alejados del recinto. Allí había menos rocas y, además, quedaban mejor cubiertos. Mientras tanto, en el campamento, los soldados daban fin a una aburridísima jornada con una cena frugal. Llevaban tres días acampados, esperando a que les dieran la orden de continuar avanzando.

Bergil se sentía optimista al contemplar la calma que reinaba en el campamento de Khûn. Sin embargo, de pronto ocurrió lo más temido. Antes de que se pusiera el sol, cuando todavía quedaba algo de luz, los soldados oyeron el ruido de los cascos de unos caballos que se acercaban desde el norte. Bergil volvió la mirada hacia el camino y vio a cinco jinetes que se acercaban al galope, portando la bandera de Khûn. Sin duda, pensó Bergil, llevaban el mensaje de que un ejército de Berlindon se dirigía hacia allí. La vigilancia sería completa en menos de una hora.

Mithrain estaba al otro lado del valle con la otra mitad de los hombres y no podía consultarle. Sin embargo, estaba seguro de que también él había oído los caballos y de que tendría alguna idea para poder escapar. Por su parte, debía huir cuanto antes. Quizás tuvieran tiempo de atravesar el paso y salir de allí antes de que los enemigos reaccionaran.

–¡Corran! –gritó, al tiempo que se montaba en su caballo y comenzaba a galopar–. ¡Galopen junto a la ladera de la colina o no podremos pasar!

Sus hombres lo imitaron. Afortunadamente, entendieron enseguida lo que estaba ocurriendo y, antes de que en el campamento de Khûn se dieran cuenta, los hombres de Bergil galopaban a toda velocidad, esquivando las rocas que se interponían en su camino.

Mithrain estaba pensando en hacer lo mismo cuando escuchó el tumulto que la marcha de sus compañeros había despertado y tomó la misma decisión.

Los soldados de Khûn salieron de las tiendas de campaña en las que se habían encerrado para cenar. Los oficiales, al ver a los enemigos, ordenaron que se armasen y se preparasen para resistir el ataque. Sin embargo, tan pronto como el capitán hubo hablado con los mensajeros, dio la orden de perseguir a los enemigos. En pocos minutos los hombres de Khûn salían del campamento y se dirigían a ambos lados, a la vez que otros disparaban flechas por donde pasaban.

Por el lado este, Bergil llegó al final del paso al mismo tiempo que los primeros enemigos que intentaban cerrarles el paso. Sólo dos habían caído por las flechas enemigas. Había quince heridos y Bergil era uno de ellos; una flecha se había clavado en su hombro. Se abrieron paso sin demasiada dificultad y huyeron a toda velocidad. Después del campamento, no había tantas rocas en el camino y pudieron alejarse rápidamente de sus perseguidores y del alcance de las flechas. Se situaron en el lugar convenido y esperaron la llegada de Mithrain.

Sin embargo, Mithrain no había tenido la misma suerte, pues sus hombres no habían podido atravesar el paso. Por aquel lado era más difícil avanzar y pronto se encontraron ante una masa enorme de enemigos que les cortaban el camino. Entonces Mithrain decidió dar media vuelta y huir hacia el norte, esperando que Bergil fuera suficientemente prudente como para no esperar demasiado tiempo.

El muchacho esperaba nervioso, resistiéndose a creer que su amigo no había conseguido llegar. Escrutaba la oscuridad, esperando verlo llegar. Todo estaba en silencio. A lo lejos se escuchaba el alboroto del enfrentamiento y Bergil esperaba sin decir nada.

–Mi capitán–dijo un soldado de mediana edad–. Creo que no lo han conseguido. Debemos irnos.

–Tienes razón. En marcha.

El muchacho espoleó de nuevo a su caballo hacia el sur, llorando desconsoladamente la pérdida de Mithrain y de tantos hombres. Tras una hora ordenó hacer un alto para curar a los heridos. Comenzaba a dolerle el hombro, y pensó que no era el único que necesitaba la atención de un médico. Apenas hubo acabado de dar la orden, el dolor se hizo de pronto mucho más intenso y el joven capitán perdió el conocimiento y cayó del caballo.

CAPÍTULO XII

Lo primero que Bergil vio cuando recobró la conciencia fue el rostro de una hermosa muchacha, un par de años menor que él, que lo observaba atentamente.

—¿Cómo te encuentras? —preguntó la muchacha.

—¿Dónde estoy? —preguntó Bergil, incorporándose sobresaltado.

—Estás en Kemenluin, en una habitación para huéspedes —repuso ella.

—¿Cuánto tiempo llevo aquí?

—Llegaste ayer por la tarde. El médico de tu ejército dice que fuiste herido por una flecha y que debías descansar.

—Debo transmitir un mensaje a la reina —dijo Bergil, recordando de pronto su misión.

—El médico ha dicho que te quedes en la cama hasta mañana por la mañana, como mínimo —replicó ella.

–Imposible. Traigo un mensaje sumamente urgente de Arthagêl para la reina. La seguridad del reino está en peligro.

La chica se quedó mirando a Bergil, dudando entre dejar que se levantara o cumplir las órdenes del médico.

–Por favor –dijo Bergil–. Es urgente.

La muchacha fue corriendo a buscar ropas limpias para Bergil y se las dejó a los pies de la cama.

–Levántate con cuidado –le dijo, antes de abandonar la habitación–. La herida se podría abrir.

–Está bien, muchas gracias –repuso Bergil.

Hacía tiempo que no se vestía con unas ropas tan lujosas como aquéllas, pero en aquel momento no se dio cuenta. Cuando estuvo vestido, abrió la puerta de la habitación y encontró a la muchacha, que esperaba sentada en una silla junto a la puerta.

–¿Te duele? –preguntó la chica.

–Un poco, pero no es nada.

–Ven, te llevaré a ver a la reina.

Bergil la siguió por el pasillo y luego por una ancha escalinata, a la derecha, que terminaba en un gran portón de madera de roble.

–¿Cómo te llamas? –preguntó la chica a Bergil, mientras caminaban.

–Soy Bergil, un pobre soldado. ¿Y tú?

–Yo soy Líniel. Tu armadura no es precisamente la propia de un «pobre soldado» –bromeó.

–Bueno..., ya sé... Es una historia muy larga –replicó él. Aunque no dijo nada, el nombre de la chica le había resultado familiar. Debía de haberla conocido cuando todavía era una niña, pero no conseguía recordar quién era.

Cuando atravesaron el portón, Líniel guió a Bergil a través de un pasillo muy largo y amplio. El muchacho intentaba recordar quién era aquella joven mientras la seguía por el palacio ricamente adornado. Tras dejar muchas puertas a los lados, el pasillo giraba a la izquierda y terminaba en otra puerta como la de la escalinata, custodiada por dos vigilantes que los dejaron pasar sin hacer ninguna pregunta.

Entraron entonces en una gran sala rectangular. Las paredes estaban adornadas con grandes tapices en los que se representaban episodios de la historia de la familia del rey. Aquélla era la sala donde Arthagêl concedía audiencia a quien lo solicitaba de la forma oportuna. Al fondo había un pequeño estrado con dos tronos. El trono del rey estaba libre y en el de la derecha del rey estaba sentada la reina, una dama de edad madura que conservaba la belleza de la juventud y, a la vez, ostentaba la calma y la mirada reflexiva de la madurez.

–Líniel, ¿qué pasa? ¿Quién es este joven? –dijo la reina.

–Mamá –repuso la muchacha ante el estupor del joven soldado, que se encontró de pronto en una situación bastante incómoda, al acordarse en ese momento de la pequeña princesita, que tenía sólo ocho años cuando él había desaparecido–, éste es Bergil, el soldado que llegó ayer por la tarde. Trae un mensaje de suma urgencia.

–Está bien, Líniel. Puedes retirarte.

La joven abandonó la estancia y la reina pudo hablar libremente:

–Perdona a mi hija. Todavía es joven y no entiende de protocolos. ¿Qué sucede?

–Soy Bergil, hijo de Medgil, soy capitán de los ejércitos del rey Arthagêl, de Berlindon. Su majestad me ha enviado ante usted para que transmita un mensaje.

–¿Por qué Arthagêl no me ha mandado a un mensajero común? ¿En realidad hacía falta un capitán y un caballero de Ivië?

Bergil relató a la reina la situación y cómo había llegado hasta allí. Cuando terminó de hablar, la reina se quedó pensativa. El joven capitán permanecía de pie, esperando su respuesta.

–Yo no sé dirigir un ejército –dijo ella al fin–. No podría organizar la resistencia yo sola, así que voy a necesitar tu consejo.

–Estoy a sus órdenes, majestad. Espero que mi falta de experiencia, pues ya puedes ver que soy joven, no sea un impedimento para usted.

–No te preocupes. El rey ha confiado en ti; por lo tanto, yo también confío en ti. Bastará con que sepas dirigir un ejército la mitad de bien que lo hacía Medgil y todo saldrá perfectamente. Ahora puedes retirarte.

Bergil abandonó la sala con el recuerdo de su padre en la mente. Lo recordaba en el momento de partir hacia la guerra, aparentemente sin ninguna preocupación. Ahora que había participado en algunas batallas suponía que, en realidad, su padre se había marchado siempre preocupado por si regresaría a casa. En aquellos momentos deseó tener el valor que él había tenido siempre.

Al salir de la sala en la que había hablado con la reina encontró a Líniel, que lo estaba esperando. La muchacha le preguntó:

–¿Qué está pasando?

–No me has dicho que eras la princesa.

–Lo siento –replicó ella–. No me gusta presumir demasiado...

–Bueno, da igual. Por fin he conseguido transmitir el mensaje. Ahora, con tu permiso, me retiraré a descansar.

Líniel advirtió la preocupación en el rostro de Bergil.

–¿Qué pasa? ¿En qué piensas? –le preguntó.

Bergil no respondió. Comenzó a descender por las anchas escaleras y se detuvo, en silencio, ante un ventanal abierto en la pared del pasillo, que daba hacia el norte. El sol bañaba la extensa llanura, que se extendía alrededor del castillo. Aquella misma pradera inmensa sería en poco tiempo el campo de batalla; en ella se iba a decidir el futuro de Berlindon.

–Habrá una enfrentamiento, ¿verdad? –preguntó Líniel, apoyándose en el alféizar, junto a Bergil.

–Sí –repuso éste–. No se lo digas a nadie, pero será un combate muy duro.

–Pero mi padre no ha perdido nunca una batalla desde que regresó del jardín de Lindbillen, con aquella rosa.

–Sí, es cierto –replicó Bergil, tristemente–, pero no sabemos si Arthagêl llegará a tiempo esta vez.

Líniel se quedó sin palabras y los dos jóvenes permanecieron en silencio durante mucho rato. Ambos pensaban en el futuro. Líniel estaba preguntándose cómo iba a luchar el ejército sin su padre. Era la primera batalla en la que el rey no estaría presente. Pero, ¿cómo podía ser que el rey no estuviera? ¿Qué había pasado? Aunque algo le decía en su interior que no era el momento de preguntarlo, amaba a su padre y no pudo resistirse:

–¿Dónde está el rey?

–Está de camino, pero el enemigo está todavía más cerca. Yo traía refuerzos, pero he perdido a más de la mitad de mis hombres por el camino. Partí de la fortaleza del lago con cien hombres y ahora me quedan...

–Cuarenta y ocho...

–Gracias; perdí el conocimiento antes de saber cuántos habían caído. Pero no hablemos de eso ahora. ¿Te acuerdas de mí? Yo soy el hijo de Medgil, un general que fue asesinado hace ocho años.

–Sí. No he querido decirte nada porque me ha parecido que tú no te acordabas de mí... ¿Dónde has estado?

Bergil contó a la muchacha toda su historia y después continuaron hablando durante un rato. Luego, Bergil comenzó a dar órdenes para preparar el ejército para la batalla. Todos los que eran capaces de luchar recibieron la orden de permanecer alerta. A los demás se les asignó la tarea de asistir a los soldados. Los ciudadanos de Kemenluin comprendieron entonces el motivo del retraso del rey y Bergil tuvo que esforzarse para que no cundiera el pánico entre la gente.

CAPÍTULO XIII

A la mañana siguiente, desde la muralla se divisaban las columnas de humo del campamento enemigo. Un explorador llegó al galope y se presentó ante Bergil.

–El enemigo se acerca –dijo–. Podría llegar al anochecer, como muy tarde.

Bergil ordenó que los soldados permanecieran preparados para la batalla. La reina se dedicaba a infundir ánimos al pueblo. Se paseaba por las calles, hablando con las familias, una a una, convenciéndolas de que todo iba a salir bien. Ivïë no las iba a abandonar.

Al mediodía, llegaron desde el noroeste y desde el este dos pequeños grupos de jinetes. Decían ser soldados de Berlindon; presentaban un aspecto deplorable. En total eran unos veinte.

–Majestad –dijo Bergil a la reina–, esos hombres podrían ser espías.

La reina ordenó que mantuvieran controlados a los recién llegados y que trajeran al que mandaba a su presencia, a la sala donde el rey recibía a los ciudadanos.

Bergil se sentó junto a la reina, en una de las sillas de los consejeros reales. Al otro lado se sentó Líniel, para observar la escena.

Las puertas se abrieron y los guardias dieron paso a un hombre que llevaba la cabeza cubierta con una capucha, que avanzaba cansado, con la cabeza baja.

–¿Quién eres? –interrogó la reina.

El hombre levantó la cabeza; tenía la cara demacrada por el cansancio. Era Mithrain. Al verlo, Bergil se levantó y le dio un abrazo.

–¡Saludos, Mithrain! –dijo la reina–, Bergil me había dicho que estabas muerto.

–Nos acorralaron y estuvimos defendiéndonos, espalda con espalda, durante un buen rato. Los soldados de Arthagêl son excepcionales. Lucharon como fieras y confiaron en ti, Bergil, en todo momento.

–¿Cuántos cayeron prisioneros? –preguntó la reina.

–Ninguno, majestad –repuso Mithrain–. Vi que sería imposible continuar adelante y ordené volver atrás. La única posibilidad era escapar o morir. Muchos murieron, pero algunos logramos escapar. Nos dispersamos entre las rocas, para evitar que los enemigos pudieran correr agrupados detrás de nosotros. Al final nos dieron por perdidos y pasé toda la noche reuniendo a los soldados que pude, pero sólo encontré a los que he traído. Rodeamos la colina y hemos cabalgado hasta llegar aquí. El enemigo estaba ya en marcha cuando los mensajeros enemigos llegaron a aquel campamento, aunque me imagino que hasta la mañana de ayer no llegó al valle. De todos modos, ha avanzado rápidamente y llegará esta misma tarde. Supongo que desde aquí también han podido ver el humo de las hogueras de su campamento.

–Me alegro de que te hayas salvado, Mithrain. Junto a ti lucharé más tranquilo –dijo Bergil.

–Con tu ayuda todavía tenemos esperanzas de resistir hasta que llegue Arthagêl –añadió la reina.

El día transcurrió tranquilamente, pero la tensión iba aumentando. A media tarde los vigilantes divisaron las primeras filas enemigas desde los puestos de guardia y el nerviosismo se extendió por toda la ciudad. Al anochecer se detuvieron y encendieron nuevas hogueras. Desde las murallas de Kemenluin se podían ver, incluso, las llamaradas de los fuegos.

Al amanecer, las tropas enemigas estaban formadas en la llanura, fuera del alcance de los pocos arqueros de la ciudad.

En Kemenluin también estaban todos preparados para la batalla. La reina contemplaba el escenario desde la torre más alta de su castillo.

Las grandes puertas de la ciudad se abrieron y Bergil salió, acompañado por Mithrain y por un capitán entrado en años que se había quedado como oficial de guardia cuando Arthagêl partió para la batalla, para organizar la custodia del castillo.

Los tres soldados galoparon por la llanura, al encuentro de tres caballeros de Khûn, que también se adelantaron para exponer las condiciones de rendición que deseaban imponer a Kemenluin.

–El ejército vencedor viene a tomar posesión de lo que le pertenece desde hace siglos –anunció uno de los caballeros.

–Kemenluin no les pertenece –respondió Bergil, con firmeza–. Todavía no han vencido una sola batalla. Y no vencerán. Sin embargo, estamos dispuestos a un tratado de paz, pero sin someternos a su gobierno, ni nosotros, ni ninguno de los ciudadanos de Berlindon.

Bergil sabía que toda esa charla no conducía a ninguna parte, que era un formalismo antes de comenzar la verdadera batalla.

–No están en disposición de negociar con nosotros –replicó el caballero de Khûn–. Su rey ha sido vencido y todo su ejército está destruido. No creo que tengas suficientes soldados para presentar resistencia, así que te quedan dos opciones: o aceptan nuestras condiciones o deberán sufrir con mayor dureza el castigo de Khûn, después de perder una batalla en la que sólo correrá su sangre. Las condiciones son las siguientes: abandonarán esta fortaleza y la cederán a Khûn antes de que pasen cinco días. Construirán un poblado donde deseen, a diez kilómetros, como mínimo, de aquí. Por último, todos los oficiales del ejército que queden en el castillo deberán someterse al rey de Khûn como esclavos, para pagar por la usurpación de estas tierras que ha durado tantos años. Recuerda, muchacho, que no te encuentras en disposición de negociar, porque tu rey ha sido derrotado.

Bergil había escuchado en silencio, sin inmutarse, aunque su corazón comenzó a latir con fuerza. Estaba cada vez más nervioso; había cerrado los ojos, pero permanecía también inmóvil. El muchacho replicó con una sola palabra que, a pesar de los esfuerzos que hizo para pronunciarla en tono desafiante, sonó como un chillido rabioso:

–¡Mientes!

Luego, los tres oficiales de Kemenluin se volvieron y galoparon de vuelta al castillo. Los caballeros de Khûn volvieron también al lugar donde estaban sus tropas para comenzar el asalto.

Antes de que entraran en el castillo, Mithrain se dirigió a Bergil:

–Te has mostrado débil. Ante el enemigo no importa, pues en realidad eres fuerte. Pero no puedes aparecer así ante tus soldados. Debes transmitirles confianza.

–Dirige tú el principio de la batalla. Yo tengo que pensar –le respondió Bergil.

Mientras los soldados enemigos se estrellaban contra las murallas, bajo las flechas de los defensores, Bergil y Mithrain se retiraron a un lugar apartado.

–Bergil –dijo Mithrain–. No te preocupes. Todavía hay esperanza. No creas lo que dicen. Han estado de camino hacia aquí. No han encontrado ningún obstáculo a su avance, porque el rey llega a sus espaldas y ellos lo saben. Por eso intentan desmoralizarnos, para tomar a tiempo el castillo; nosotros debemos evitarlo.

–¿Cómo puedes estar tan seguro de eso? –replicó el muchacho.

–Hace muchos años que puedo leer la mentira en los ojos de las personas. El enemigo está lleno de mentira. Ahora debemos aguantar hasta que llegue el rey.

El argumento no convenció a Bergil, que estaba desanimado. Mithrain desistió entonces en su intento de levantar la moral del joven soldado, se levantó y volvió a la batalla.

–¡Resistan, valientes! –gritaba–. ¡Luchemos por Berlindon y por el rey Arthagêl!

Los enemigos estaban trepando por las murallas y algunos ya habían conseguido asaltar la fortaleza. Junto a las almenas había comenzado la lucha cuerpo a cuerpo. Mithrain se entregó a ella con todo su coraje y, donde él luchaba, Berlindon vencía. Sin embargo, en muchos otros puntos, los soldados de Khûn conseguían entrar y la fuerza de Mithrain no era suficiente para mantenerlos fuera de las murallas.

Bergil levantó la cabeza y vio que desde la torre más alta la reina contemplaba la escena. Al lado de la reina estaba también la princesa Líniel. El muchacho se sintió invadido por la rabia, al verse incapaz de salvarlas, pero en aquel momento descubrió que tenían los ojos puestos en él, como si le quisieran animar a levantarse y luchar. Entonces, la reina se colgó del cuello un collar de flores y Bergil vio que las flores brillaban, cada una con la luz de su color. Y había una que brillaba más que las demás, una rosa muy grande que desprendía un brillo de color rojo y dorado.

En aquel momento entendió que aquellas flores hacían algo más que brillar. Los gritos de ánimo a Berlindon aumentaron al instante y también la fuerza de sus soldados. Él mismo se sintió animado. Desenvainó de nuevo su espada y volvió a la batalla. La espada de Ivië volvía a brillar, centelleando cada vez que traspasaba a un enemigo. Los soldados de Khûn procuraban huir de la espada brillante, pero entonces encontraban la fuerza de Mithrain, que se había hecho terrible cuando supo que Bergil estaba luchando. Los enemigos fueron expulsados. Muchos murieron al caer desde la muralla. Otros cayeron encima de sus compañeros. Y así, tropezándose y atropellándose, los soldados de Khûn volvieron junto a sus capitanes, que veían con decepción cómo su primer ataque se convertía en una primera derrota.

–¡Berlindon resistirá! –gritó entonces Bergil con todas sus fuerzas y todos sus soldados repitieron el grito, que sonó atronador para las tropas de Khûn.

Pero el enemigo no se rindió. De pronto aparecieron seis caballos al frente de miles de hombres. El grupo avanzaba lentamente, hacia las puertas de la fortaleza. Los caballos arrastraban un inmenso ariete que se apoyaba sobre ruedas. Cuando estuvieron muy cerca, comenzaron a galopar, defendiéndose con los escudos de las flechas que les llovían desde la muralla. Detrás de las puertas aguardaban todos los soldados que había disponibles en Berlindon, con Bergil y Mithrain al frente.

Antes de que el ariete llegara a golpear la puerta, ésta se abrió y la llama azul de la espada de Ivië salió de la fortaleza seguida de todos los soldados de Kemenluin, que ganaron terreno en las llanuras. Pero los enemigos eran mucho más numerosos y se abalanzaron sobre los defensores, que permanecían agrupados junto a la puerta, aunque fuera de las murallas.

El collar de la reina seguía brillando y los enemigos maldecían ese brillo, pero no se rendían en la lucha. Al fin, fueron derribados algunos de los capitanes de Khûn y el enemigo se retiró por un momento. Estaba cayendo la noche.

También los soldados de Berlindon, cansados, se refugiaron de nuevo en su fortaleza, pero los puestos de guardia fueron reforzados. El brillo del collar de la reina se había convertido en un lucero en lo alto de la torre.

CAPÍTULO XIV

Bergil subió a dar cuenta a la reina de cómo se estaba desarrollando la batalla y de cuáles eran las esperanzas que albergaba.

–Mi señora –dijo–, este collar que llevas nos ha salvado la vida por esta vez. Los soldados están animados y luchan con ganas. Ni siquiera yo habría llegado a desenvainar la espada si no fuera por el ánimo que sentí al ver el brillo de esas flores. Ahora el enemigo se ha retirado, pero temo que intente un ataque en la oscuridad. Por eso he reforzado los puestos de guardia. Sin embargo, aunque no ha decaído el ánimo de los soldados, las bajas han sido muchas. No sé cuánto tiempo podremos aguantar antes de que llegue Arthagêl. El enemigo hace cada ataque con soldados descansados, ansiosos por entrar en la batalla, mientras que nuestros soldados no son reemplazados; cada vez están más agotados.

En aquel momento se oyó el sonido ronco de un cuerno de guerra. Cuando Bergil se asomó a la muralla, contempló una escena terrible. Cientos de antorchas brillaban junto a los muros. El enemigo estaba intentando de nuevo derribar la puerta y los soldados enemigos esperaban al otro lado a que fuese destruida.

–El combate se ha reanudado –dijo–. Tengo que volver a la lucha.

Cuando iba a salir de la estancia, su mirada se cruzó con la de Líniel. La princesa estaba llorando. Bergil supo entonces que la princesa lo amaba y se dio cuenta de que él la amaba también. El muchacho se ruborizó y se marchó corriendo.

Cuando salió al patio de armas, vio que la rosa de Berlindon brillaba de nuevo en lo alto de la torre. Montó en su caballo y se lanzó de nuevo a la batalla. Sus soldados, con Mithrain al frente, esperaban junto a la puerta, que crujía con cada golpe de los arietes. Al fin, la puerta cedió y Bergil y sus hombres se lanzaron de nuevo hacia fuera, preparados para morir en defensa de Kemenluin.

Pero en aquel momento una luz brilló a lo lejos, en el este. No era el amanecer, porque todavía era medianoche y tampoco podía ser una nueva estrella, porque la luz avanzaba a ras del suelo. Se oyó de pronto el bramido de unos cuernos de guerra; todos supieron entonces que se trataba de las tropas del rey Arthagêl, que por fin habían llegado a Kemenluin. Por delante del ejército cabalgaban once caballeros armados con poderosas armaduras y empuñando espadas que brillaban como un fuego azul. El ejército se lanzó a la batalla con ensordecedores gritos en honor de Arthagêl y Berlindon.

Doce caballeros vestidos de negro se desmarcaron entonces de la retaguardia enemiga y plantaron cara a los recién llegados. Eran los doce caballeros de Khûn, que cabalgaban para detener a las fuerzas más poderosas del ejército defensor. El encuentro entre los caballeros de Ivië y los caballeros de Khûn fue terrible. En el primer choque, algunos cayeron del caballo y otros perdieron su lanza.

Los grandes caballeros de cada ejército quedaron allí detenidos, en una batalla aparte. Alrededor de ellos avanzó a toda velocidad el ejército de Arthagêl, que cayó sobre el enemigo con todas sus fuerzas. Las hordas de Khûn, desconcertadas, se volvieron para afrontar el ataque, pero no pudieron evitar que los atacantes rompieran sus filas.

Mientras tanto, los caballeros de Ivië se enfrentaban cuerpo a cuerpo a los caballeros de Khûn. Las llamas azules chocaban contra las espadas negras de sus enemigos. Los caballeros de ambos bandos sabían que aquel enfrentamiento entre pocos decidiría el resultado de la batalla. Las resistentes armaduras aguantaban los golpes de las espadas y saltaban chispas por todas partes. Entre las chispas, seguían brillando las llamas azules, que luchaban contra las lenguas de sombra.

Cuando Bergil advirtió lo que estaba sucediendo, lanzó a sus tropas al encuentro de los soldados de Arthagêl. El avance era difícil, porque los enemigos eran muchos.

Pero Bergil se abría paso con la espada con una rapidez asombrosa. Pronto se alejó de sus soldados, que seguían avanzando bajo el mando de Mithrain, abriendo una importante brecha en las filas enemigas. Al fin se encontraron los dos grupos de defensores y las filas enemigas quedaron divididas en dos partes. Por su parte, Bergil consiguió atravesar la masa humana y acudió en ayuda de los once caballeros de Ivië, que resistían en la dura batalla contra los doce caballeros de Khûn. Su llegada supuso la caída del primero de los caballeros negros, el cual, al volverse para detener la espada del muchacho, recibió la lanzada mortal del rey Arthagêl.

Mithrain, mientras tanto, dirigía las tropas, terminando de reagrupar a todos los ejércitos de Berlindon. Se dio cuenta de que no podía mantener la división entre las tropas enemigas y, a la vez, defender la puerta. Entonces condujo a sus soldados a la puerta de Kemenluin y allí presentó de nuevo batalla al enemigo. Cuando las hordas de Khûn se acercaron de nuevo a las puertas para atacar a los defensores, comenzaron a llover flechas desde las murallas. Mithrain se volvió y vio a Líniel en las almenas, y a las mujeres de Kemenluin a sus órdenes. La entrada de las mujeres en la batalla había sido totalmente inesperada, pero muy oportuna para Kemenluin.

Mientras tanto, caía el segundo caballero de Khûn a manos de Aradan, que derribó a uno que atacaba por detrás a Arthanûr. Pero en ese momento cayó herido Cadir, que no había podido detener dos ataques simultáneos de dos caballeros negros.

Junto a la puerta de la fortaleza, la repentina lluvia de flechas había conseguido provocar tal desconcierto entre las tropas de Khûn, que los soldados se detuvieron para protegerse con los escudos. Mithrain aprovechó la circunstancia y lanzó sus tropas hacia delante, arrollando a un buen grupo de enemigos. Después de este pequeño ataque, hizo que sus soldados recuperaran sus posiciones junto a la puerta.

En aquel momento, un caballero negro lanzaba un terrible golpe a la cabeza de Cadir, que todavía yacía herido en el suelo. El golpe habría sido mortal si Bergil no hubiera cruzado su espada. Cuando la espada enemiga chocó con la llama azul de Bergil, el joven se echó con todo el cuerpo sobre su enemigo y cayeron los dos al suelo. Acudió entonces Galbor para asestar el golpe mortal al caballero negro. Cuando se levantó, Bergil respiró unos segundos y observó cómo se desarrollaba el enfrentamiento entre los más grandes guerreros. Tres caballeros de Khûn yacían muertos en el suelo y entre los caballeros de Ivië había uno, Cadir, que también había quedado tendido en el suelo... Murió desangrado unos minutos después. Entre los que estaban de pie, Bergil vio que cada uno de los caballeros de Ivië estaba luchando con uno de los caballeros de Khûn. Pero Ciryan y Arthagêl estaban enzarzados en un terrible combate contra el más grande de los caballeros negros. Se quedó estupefacto al ver luchar a aquel gigante. Era tremendamente ágil y muy fuerte. De pronto, de un golpe echó por tierra al rey. Sin embargo, la armadura había resistido el golpe y, después de rodar dos o tres metros, Arthagêl se levantó enseguida y volvió a la lucha. Bergil se lanzó en ayuda de los dos caballeros.

Mientras tanto, junto a la puerta de Kemenluin los enemigos se habían reorganizado y ahora atacaban de manera ordenada a las fuerzas defensoras. La batalla era terrible. Caían cientos de soldados de Khûn y decenas de hombres de Berlindon. Pero las pérdidas eran mayores para Berlindon, porque por cada soldado defensor había, al menos, cinco atacantes. Poco a poco, Khûn se acercaba a las puertas. Mithrain no se cansaba de alentar a sus hombres, a la vez que procuraba mantener a raya a los soldados. Siempre era el último en retrasar la posición; gracias a su coraje el avance de los enemigos era lento. También las flechas que seguían lloviendo sobre la retaguardia enemiga, cada vez con menos intensidad, contribuían a frenar el avance enemigo.

Poco después, se acabaron las flechas y el enemigo comenzó a atacar con más fuerza. Los ánimos comenzaron a decaer entre las filas de Berlindon, a pesar del inmenso coraje de Mithrain. El avance del enemigo se aceleró; el experimentado soldado comenzaba a pensar en ordenar a sus soldados que se encerraran en el castillo, cuando de pronto brilló una luz blanca en la puerta de Kemenluin. Arfanhuil apareció en el umbral empuñando una larga espada que brillaba como un poderoso fuego blanco y se lanzó galopando a la batalla, mientras gritaba:

—¡Berlindon resistirá!

Se introdujo cabalgando entre las filas enemigas, derribando a todo el que encontraba a su paso. Los soldados de Khûn se detuvieron, atemorizados, intentando resistir el ataque del jinete. Los defensores recuperaron el ánimo y se lanzaron de nuevo al ataque, repitiendo el grito de Arfanhuil.

Firg consiguió deshacerse de su enemigo y, sin un momento de descanso, se lanzó en ayuda de los tres que luchaban contra el terrible jefe de los caballeros de Khûn. En aquel instante intervenía Aradan, que logró distraer al gigante el tiempo suficiente para que Ciryan le asestara un golpe en el brazo que sostenía la espada. Lanzando un grito de dolor, el enemigo golpeó con el escudo a Bergil, que rodó por el suelo. Cuando se levantó para volver a la carga, vio cómo el gigante lanzaba un golpe bajo la pierna de Firg, que cayó al suelo con una profunda herida en la pierna. En ese momento llegaba Danhuir, que había vencido a su enemigo y ahora atacaba también al jefe enemigo.

Danael había caído, pero Talmir, que acababa de vencer a su enemigo, vengó su muerte. Sin embargo, su espada quedó firmemente clavada en el vientre del enemigo caído, y tuvo que acudir a la lucha contra el gigante sin más armas que su escudo. Lo lanzó a la cara del gran enemigo justo cuando Ciryan detenía un golpe dirigido sobre la cabeza de Arthagêl. El rey lanzó una estocada, pero su espada rebotó contra la armadura del enemigo y se le cayó de las manos. Afortunadamente, el impacto del escudo había dejado aturdido al enemigo, y Arthagêl tuvo tiempo de recuperar su espada. En aquel momento Arthanûr alcanzó la lucha, pero los adversarios no eran todavía demasiados para el gigante. Galbor levantó su espada para descargar un golpe, pero el jefe enemigo fue más rápido y le destrozó el brazo. Bergil golpeó su espalda con el filo de la espada, y Arthagêl atacó por el flanco derecho. Pero el enemigo pudo detener estos golpes al tiempo que esquivaba un golpe de Ciryan por el otro lado, que le habría alcanzado la cabeza.

Arfanhuil seguía cabalgando como una blanca estrella entre las atemorizadas filas enemigas, mientras la vanguardia de los defensores obligaba a retroceder a los atacantes. Mientras daba vueltas entre las tropas, vio a Mithrain haciéndole señales para que se acercara.

–Debo ir a ayudar a los caballeros de Ivië –le dijo Mithrain cuando estuvo a su lado.

–Esperaba que lo comprendieras enseguida. Sube a la grupa de mi caballo.

Arfanhuil llevó a Mithrain a través de las filas enemigas y lo dejó en la llanura, para que corriera en ayuda de los caballeros. Después regresó a la batalla para detener a los enemigos.

Mithrain corrió a ayudar a los caballeros de Ivië y pudo evitar que un caballero negro matara a Fendor, que había perdido su espada. Entre ambos no tardaron mucho en deshacerse de aquel enemigo y se lanzaron en ayuda del grupo que luchaba todavía con el jefe negro. Mithrain interpuso su espada para detener un golpe dirigido contra Bergil y la espada se partió. Bergil golpeó entonces la mano del enemigo y Ciryan aprovechó el desconcierto para descargar un tremendo golpe sobre su nuca. El jefe de los caballeros de Khûn cayó desplomado y su cuerpo comenzó a temblar. Todos se apartaron y, de pronto, la armadura estalló. No quedó ni rastro del cuerpo del gigante abatido. Berlindon había vencido.

Se oyó el repentino estallido junto a las puertas de la muralla de Kemenluin. Las tropas de Khûn habían quedado ya muy menguadas. Arfanhuil se detuvo entonces junto a sus soldados y comenzó a gritar:

–¡Soldados de Khûn, sus generales han sido derrotados. Ríndanse, ahora que son libres de sus tiranos, para librarse también de la muerte. Tendrán un juicio justo!

Repitió este mensaje varias veces, cabalgando entre los enemigos sin derribar a ninguno. Sus palabras surtieron efecto y los enemigos entregaron sus armas.

CAPÍTULO XV

No hubo fiesta en Berlindon por aquella victoria. Arthagêl decidió que se guardara un año de luto por los caídos, y fue un tiempo de lágrimas y lamentos. Danael y Cadir fueron enterrados con honores de reyes. Los soldados de Khûn volvieron a sus tierras y juraron no atacar de nuevo Berlindon. Sin embargo, rehusaron la alianza, argumentando que no podían ser amigos de aquéllos que habían matado a sus hermanos.

–Sus mentes todavía están atrofiadas por tantos años de engaños y opresión –dijo Arfanhuil, apenado, el día en que se marcharon–. Pasarán décadas... o siglos antes de que mejoren las relaciones.

Pero fue también un año de esperanza. La esposa de Firg, que había quedado cojo para siempre, dio a luz a un hermoso niño, al que llamaron Pird. Firg se retiró entonces a un poblado del norte y se hizo herrero. Construía herramientas para los artesanos y campesinos, las más resistentes de toda la región.

Los demás caballeros guardaron el luto en sus hogares y allí se recuperaron en paz. Galbor, que había perdido el brazo izquierdo, decidió también retirarse de la guerra. Se dedicó a escribir libros en los que contaba las grandes batallas. Sus libros tenían un valor literario e histórico excepcional; todos los historiadores posteriores se basaron en ellos para reconstruir los acontecimientos de aquella época. Y la manera de contar las batallas cambió desde entonces. Con los años, Galbor fue conocido como *el manco de Kemenluin.*

Bergil vivió un tiempo en el palacio real, invitado por Arthagêl. Un día, poco después de terminar aquel año de luto, Bergil se hallaba con Líniel junto a las murallas, contemplando el campo en el que un año antes había conquistado la gloria. El sol se estaba poniendo y su luz tenue proyectaba las alargadas sombras de las montañas hasta los mismos pies de las murallas.

–Líniel —dijo Bergil, a media voz–. Desde el momento en que te vi, me sorprendió tu belleza.

–A mí, tu valor –replicó ella.

–Después tu belleza quedó en un segundo plano –continuó él, como si no hubiera oído lo que ella había dicho–, porque descubrí que tu corazón era infinitamente más grande.

Líniel se ruborizó. Clavó sus ojos azules en los de Bergil, negros como el carbón, esperando a que dijera aquella frase que tanto esperaba.

–Me gustaría que fueras mi esposa –dijo él al fin–. El único fin de mi vida es servir a Berlindon, pero sería muy feliz si a éste le añadiera el de que tú fueras siempre feliz.

–Bergil, te amo desde pocos días después de conocerte. Desde el principio admiré tu valor para afrontar aquella gran batalla, en la que todo estaba perdido. Tú, tan joven, al frente de un ejército tan pequeño, te enfrentabas con una inimaginable entereza a un ejército diez veces más grande que el tuyo, con la esperanza incierta de que el rey llegara con todos sus soldados. Desde hace unos meses, mi único deseo era escuchar esta petición de tu boca. He estado todo este tiempo anhelando que me lo pidieras para poder decir que sí. Mi mayor deseo es dedicar mi vida a intentar que tus ojos no pierdan nunca esa alegría, esa avidez de sabiduría, esas ganas de ver a la gente feliz. He hablado de esto con mi padre. No te imaginas la alegría que se llevará cuando lo sepa. Dijo que era una de las pocas cosas que pensaba que podría aliviar el dolor de las pérdidas sufridas en la batalla.

Los dos jóvenes se quedaron en silencio, mirándose a los ojos, con una ligera sonrisa de felicidad en los labios. Estuvieron allí hasta una hora después de la puesta del sol. Pero sus ojos no habían dejado de brillar de alegría. En todo ese rato no dijeron nada; sus ojos lo decían todo.

–Es la primera alegría que tengo desde aquella terrible batalla –dijo el rey, cuando Bergil le pidió la mano de su hija–. Será una boda recordada durante mucho

133

tiempo. He llegado a sentir una gran admiración por ti, amigo mío. Volviste del destierro conservando la nobleza que tu padre te había transmitido. Superaste el nefasto recuerdo de la muerte de tu padre y devolviste la sonrisa a un hombre que tenía la conciencia destrozada. Fuiste valiente para partir hacia Kemenluin y tu contribución fue decisiva para la defensa de la ciudad. Además, mi hija te ama, lo he visto en sus ojos. En este año los he visto juntos muchas veces. He visto cómo te miraba en los banquetes, cómo suspiraba para que le pidieras un baile cuando los arpistas tocaban en los salones. Eran melodías tristes y los bailes eran lentos, aburridos para los jóvenes. Sin embargo, para ella no había baile aburrido si tú eras su pareja. Tenía ocho años cuando desapareciste y no supo mucho del asunto.

–Tenías que haber visto las lágrimas que derramaba cuando le conté toda la historia. Al principio pensé que era por la compasión propia de los corazones femeninos, pero poco a poco fui descubriendo que ella también te amaba.

La boda se celebró como la primera gran fiesta de aquellos tiempos de paz. La celebración duró dos semanas; en ella los recién casados recibieron las felicitaciones de todos los generales gobernantes de regiones de Berlindon. Después viajaron por todo el país, acompañados de los reyes, que deseaban transmitir personalmente la noticia a todas las poblaciones del reino. Mientras tanto, Aradan se encargó de dirigir la restauración del castillo que había quedado abandonado tras la muerte de Medgil. Allí se instalaron Bergil y Líniel, y en aquel hogar, Mithrain fue siempre bien recibido.

Años después, Bergil, que había tenido tres hijos, paseaba por sus jardines conversando con Arfanhuil. El joven tenía treinta años, era general y visitaba frecuentemente a Talmir, en el castillo de Landuin, y a Arthanûr que, como heredero de la corona, era señor de Lindbillen. Ciryan continuó viviendo en Kemenluin.

–Hace ya doce años que terminó la última guerra –comentó Bergil–. Quedaron vacantes en las órdenes de Ivïë. Sin embargo, los generales de Berlindon nos hemos casado y todos tenemos algún hijo. Tengo la impresión de que estamos atravesando una época dorada.

–Así es –replicó Arfanhuil–. Pero no debes olvidar que Khûn no quiso la paz y que hemos logrado pocos acuerdos con otros reinos para lograr una amistad fuerte fuera de nuestras fronteras. Tenemos que trabajar en esto y mantenernos alerta mientras tanto. La derrota de Khúnmir fue grande, pero no completa. Tarde o temprano resurgirá y se encargará de que tengan envidia de nosotros.

–Pero Berlindon está prosperando. La sabiduría de Arthagêl sigue creciendo y parece que se mantendrá vigoroso durante unos cuantos años más. Será difícil que puedan vencernos.

–Sí, es necesario tomar ejemplo de Arthagêl, que no deja de aprender cosas. Siempre ha buscado la sabiduría donde podía encontrarla. En la experiencia, en los ancianos, cuando era joven, y en los jóvenes, ahora que está entrando en la vejez. Incluso en otros reinos.

–Creo que yo también he aprendido mucho en estos años. Sobre todo, de Mithrain. Siento una gran admiración por él. Una vez, cuando todavía estábamos en la guerra, me dijo que siempre sentiría la necesidad de servir a Berlindon, a Arthagêl y a mí. Y he comprobado que era cierto. En realidad, se siente obligado a hacer todo lo posible por servirme, aunque hace años que dejó de ser mi ayudante para convertirse en capitán. Me visita con frecuencia, juega con mis hijos, habla conmigo durante horas, dándome consejos para el gobierno de mis tierras y para la educación de mis hijos. Además de a Líniel, gran parte de mi felicidad se la debo a él, sin ninguna duda.

–Sí, realmente Mithrain cambió mucho en aquellos ocho años. Pasé muchas horas hablando con él. Desde que cometió aquel crimen se convirtió en una persona triste. No sonreía nunca. Y con frecuencia lloraba cuando hablaba conmigo. Yo procuraba infundirle ánimos. Tenía unas dotes excepcionales, pero siempre había sido muy orgulloso y aquél fue su punto débil. Por allí le venció Khúnmir. Y aquello mismo era lo que me hacía desechar la idea de que él pudiera ser caballero de Ivië.

»Pero el crimen que cometió cambió su vida. Podía haberse perdido para siempre, pero sucedió al revés. Llegó a asumir que aquel suceso no iba a desaparecer de su conciencia y supo comportarse de manera adecuada ante ese hecho. Conoció el valor de la humildad y del servicio a los demás. Desde entonces ha sido un fiel servidor de Berlindon. Pasó aquellos ocho años esperándote. Fue un tiempo increíblemente duro para él. Renunció al deseo de ser caballero de Ivië, que para él había llegado a convertirse en el único fin de su vida y lo sustituyó por el deseo de lograr que le perdonaras, para luego ponerse a tu servicio. Es un deseo que le ocupará toda la vida y que dirigirá todos sus actos. Parece ser que así lo ha querido Ivië.

–Me sorprende comprobar que de un crimen tan nefasto como el asesinato de un amigo puedan salir tantas cosas buenas –dijo Bergil, pensando en voz alta–. ¿Qué habría ocurrido si Mithrain hubiera descubierto el engaño de Khúnmir y no se hubiera dejado vencer?

–Es una pregunta que no tiene respuesta. Nunca podremos saberlo. De todos modos, tampoco debe preocuparte demasiado. Tu obligación es seguir tomando ejemplo de Mithrain, que salió victorioso de una situación que parecía que le iba a llevar a la perdición. Y no sólo salió victorioso, sino que, además, quedó fortalecido y con él, todo Berlindon. Muchas batallas se han ganado y muchas más se han evitado gracias a sus esfuerzos. Era un simple soldado, pero podía hablar con el rey cuando quisiera, y le dio muy buenos consejos. Ganarás mucho con el ejemplo de su humildad, de cómo se preocupa por lograr el bien de los demás antes que el suyo propio.

El paseo los había llevado hasta una de las murallas y desde las almenas vieron aparecer a un jinete que se acercaba solo, al galope. Era Mithrain. Bergil avisó entonces a su esposa y a sus tres hijos, de nueve, siete y cinco años, y salieron todos a recibirlo. Mithrain los saludó a todos efusivamente y después fue a dejar su caballo en los establos. Bergil y Arfanhuil lo acompañaron.

–Tienes una familia estupenda –comentó Mithrain.

–Sí –confirmó Arfanhuil–. Era uno de los deseos que tu padre tenía para ti. Que tuvieras una buena familia.

–Me alegro de que todo haya quedado como a mi padre le habría gustado –repuso Bergil.

–Sí –asintió Mithrain, en tono reflexivo–, aunque no todo ha sucedido como él esperaba.

–Todavía tendrán que ocurrir algunas cosas —objetó Arfanhuil– para que todo sea como Medgil deseaba, y algo me dice que algún día, tarde o temprano, así será.

ÍNDICE

Josemaría Carreras Guixé

Nací en Barcelona en 1983. Me aficioné a la lectura desde muy
pequeño: mi padre nos reunía por la noche a todos los hermanos (entonces éramos siete y después nació la octava; los otros
tres vinieron más tarde), y nos leía un fragmento de un libro antes de enviarnos a dormir. Mis hermanas mayores solían tomar
el libro por su cuenta para adelantarse al ritmo que marcaba
nuestro padre, y más tarde yo aprendí a seguir su ejemplo. Desde el principio me llamaron la atención los clásicos de la literatura universal. De algún modo intuía que algunos libros tenían
una bien merecida fama, y pronto me animé a leer por mi cuenta *La isla del tesoro*. Más tarde leí *El hobbit* y *El señor de los ani-
llos*, y desde entonces leo las obras de Tolkien cada pocos años.
En los últimos años de colegio me animaron a presentarme a un
concurso de cuentos: no obtuve ningún premio, pero desde entonces comencé a disfrutar de la literatura «desde el otro lado».
Por entonces gané un segundo premio de poesía y, ya en la uni-
versidad, continué cultivando mi afición a la narrativa. Fue en
aquella época cuando comencé un relato que, sin que yo supiera
muy bien cómo, se me hizo un poco más largo, ganó el premio
«Árbol de la vida» de novela juvenil, y terminó convirtiéndose
en este libro.

Bambú Primeros lectores

El camino más corto
Sergio Lairla

El beso de la princesa
Fernando Almena

No, no y no
César Fernández García

Los tres deseos
Ricardo Alcántara

El marqués de la Malaventura
Elisa Ramón

Un hogar para Dog
César Fernández García

Monstruo, ¿vas a comerme?
Purificación Menaya

Pequeño Coco
Montse Ganges

Daniel quiere ser detective
Marta Jarque

Daniel tiene un caso
Marta Jarque

El señor H
Daniel Nesquens

Miedos y manías
Lluís Farré

Bambú Enigmas

El tesoro de Barbazul
Àngels Navarro

Las ilusiones del mago
Ricardo Alcántara

La niebla apestosa
Joles Sennell

Bambú Jóvenes lectores

El hada Roberta
Carmen Gil Martínez

Dragón busca princesa
Purificación Menaya

El regalo del río
Jesús Ballaz

La camiseta de Óscar
César Fernández García

El viaje de Doble-P
Fernando Lalana

El regreso de Doble-P
Fernando Lalana

La gran aventura
Jordi Sierra i Fabra

Un megaterio en el cementerio
Fernando Lalana

S.O.S. Rata Rubinata
Estrella Ramón

Los gamopelúsidas
Aura Tazón

El pirata Mala Pata
Miriam Haas

Catalinasss
Marisa López Soria

¡Atención! ¡Vranek parece totalmente inofensivo!
Christine Nöstlinger

Sir Gadabout
Martyn Beardsley

Sir Gadabout, de mal en peor
Martyn Beardsley

Alas de mariposa
Pilar Alberdi

Bambú Descubridores Cietíficos

Brahe y Kepler
El misterio de una muerte inesperada
M. Pilar Gil

Bambú Vivencias

Penny, caída del cielo
Retrato de una familia italoamericana
Jennifer L. Holm

Saboreando el cielo
Una infancia palestina
Ibtisam Barakat

Nieve en primavera
Crecer en la China de Mao
Moying Li

La Casa del Ángel de la Guarda
Un refugio para niñas judías
Kathy Clark

Bambú Exit

Ana y la Sibila
Antonio Sánchez-Escalonilla

El libro azul
Lluís Prats

La canción de Shao Li
Marisol Ortiz de Zárate

La tuneladora
Fernando Lalana

El asunto Galindo
Fernando Lalana

El último muerto
Fernando Lalana

Amsterdam Solitaire
Fernando Lalana

Tigre, tigre
Lynne Reid Banks

Un día de trigo
Anna Cabeza

Cantan los gallos
Marisol Ortiz de Zárate

Bambú Exit récord

El gigante bajo la nieve
John Gordon

El vendedor de dulces
R. K. Narayan

Los muchachos de la calle Pál
Ferenc Molnár